U0112615

用文字照亮每个人的精神夜空

漫说文化丛书

闲情乐事

陈平原 编

湖南人民出版社 · 长沙

● 如何收听《闲情乐事》全本有声书？

① 微信扫描左边的二维码关注"领读文化"公众号。
② 后台回复【闲情乐事】，即可获取兑换券。
③ 扫描兑换券二维码，免费兑换全本有声书。

● 去哪里查看已购买的有声书？

方法 ①

兑换成功后，收藏已购有声书专栏，

即可在微信收藏列表中找到已购有声书。

方法 ②

在"领读文化"公众号菜单栏点击"我的课程"，

即可找到已购有声书。

序

陈平原

　　据说，分专题编散文集我们是"始作俑者"，而且这一思路目前颇能为读者所接受，这才真叫"无心插柳柳成荫"。当初编这套丛书时，考虑的是我们自己的趣味，能否畅销是出版社的事，我们不管。并非故示清高或推卸责任，因为这对我们来说纯属"玩票"，不靠它赚名声，也不靠它发财。说来好玩，最初的设想只是希望有一套文章好读、装帧好看的小书，可以送朋友，也可以搁在书架上。如今书出得很多，可真叫人看一眼就喜欢，愿把它放在自己的书架上随时欣赏把玩的却极少。好文章难得，不敢说"野无遗贤"，也不敢说入选者皆字字珠玑，只能说我们选得相当认真，也大致体现了我们对20世纪中国散文的某些想法。"选家"之事，说难就难，说易就易，这点如鱼饮水，冷暖自知。

　　记得那是1988年春天，人民文学出版社约我编林语堂散文集。此前我写过几篇关于林氏的研究文章，编起来很容易，可就是没兴致。偶然说起我们对20世纪中国散文的看法，以及分专题编一套小书的设想，没想到出版社很欣赏。这样，1988年暑假，钱理群、黄子平和我三人，又重新合作。大热天闷在老钱那间十平方米的小屋里读书，先拟定体例，划分专题，再分头选文。读到出乎意料之外的好文章，当即"奇文共欣赏"；不过也淘汰了大批徒有虚名的"名作"。开始以为遍地黄金，捡不胜捡；可沙里淘金一番，才知道好文章实在并不多，每个专题才选了那么几万字，根本不够原定的字数。开学以后又泡图书馆，又翻旧期刊，到1989年春天才初步编好。接着就是撰写各书的前言，不想随意敷衍几句，希望能体现我们的趣味和追求，而这又是颇费斟酌的事。一开始是"玩票"，越做越认真，变成撰写20世纪中国散文史的准备工作。只是因为突然的变故，这套小书的诞生小有周折。

对于我们三人来说，这迟到的礼物，最大的意义是纪念当初那愉快的学术对话。就为了编这几本小书，居然"大动干戈"，脸红耳赤了好几回，实在不够洒脱。现在回想起来，确实有点好笑。总有人问，你们三个弄了大半天，就编了这几本小书，值得吗？我也说不清。似乎做学问有时也得讲兴致，不能老是计算"成本"和"利润"。唯一有点遗憾的是，书出得不如以前想象的那么好看。

这套小书最表面的特征是选文广泛和突出文化意味，而其根本则是我们对"散文"的独特理解。从章太炎、梁启超一直选到汪曾祺、贾平凹，这自然是与我们提出的"20世纪中国文学"的概念密切相关。之所以选入部分清末民初半文半白甚至纯粹文言的文章，目的是借此凸现20世纪中国散文与传统散文的联系。鲁迅说五四文学发展中"散文小品的成功，几乎在小说戏曲和诗歌之上"（《小品文的危机》），原因大概是散文小品稳中求变，守旧出新，更多得到传统文学的滋养。周作人突出明末公安派文学与新文学的精神联系（《杂拌儿·跋》和《中国新文学的源流》），反对将五四文学视为对欧美文学的移植，这点很有见地。但如以散文为例，单讲输入的速写（Sketch）、随笔（Essay）和"阜利通"（Feuilleton）固然不够，再搭上明末小品的影响也还不够；魏晋的清谈、唐末的杂文、宋人的语录，还有唐宋八大家乃至"桐城谬种""选学妖孽"，都曾在本世纪的中国散文中产生过遥远而深沉的回音。

面对这一古老而又生机勃勃的文体，学者们似乎有点手足无措。五四时输出"美文"的概念，目的是想证明用白话文也能写出好文章。可"美文"概念很容易被理解为只能写景和抒情；虽然由于鲁迅杂文的成就，政治批评和文学批评的短文，也被划入散文的范围，却总归不是嫡系。世人心目中的散文，似乎只能是风花雪月加上悲欢离合，还有一连串莫名其妙的比喻和形容词，甜得发腻，或者借用徐志摩的话，"浓得化不开"。至于学者式重知识重趣味的疏淡的闲话，有点苦涩，有点清幽，虽不大容易为入世未深的青年所欣赏，却更得中国古代散文的神韵。不只是逃避过分华丽的辞藻，也不只是落笔时的自然大方，这种雅致与潇洒，更多的是一种心态，一种学养，一种无以名之但确能体会到的"文化味"。比起小说、诗歌、戏剧来，散文更讲浑然天成，更难造假与敷衍，更依赖于作者的才情、悟性与意趣——因其"技术性"不强，很容易写，但很难写好，这是一种"看似容易成却难"的文体。

选择一批有文化意味而又妙趣横生的散文分专题汇编成册，一方面是让读者体会到"文化"不仅凝聚在高文典册上，而且渗透在日常生活中，落实为你所熟悉的一种情感，一种心态，一种习俗，一种生活方式；另一方面则是希望借此改变世人对散文的偏见。让读者自己品味这些很少"写景"也不怎么"抒情"的"闲话"，远比给出一个我们认为准确的"散文"定义更有价值。

当然，这只是对20世纪中国散文的一种读法，完全可以有另外的眼光另外的读法。在很多场合，沉默本身比开口更有力量，空白也比文字更能说明问题。细心的读者不难发现我们淘汰了不少名家名作，这可能会引起不少人的好奇和愤怒。无意故作惊人之语，只不过是忠实于自己的眼光和趣味，再加上"漫说文化"这一特殊视角。不敢保证好文章都能入选,只是入选者必须是好文章,因为这毕竟不是以艺术成就高低为唯一取舍标准的散文选。希望读者能接受这有个性、有锋芒,因而也就可能有偏见的"漫说文化"。

1992年9月8日于北大

附记

陈平原

　　旧书重刊，是大好事，起码证明自己当初的努力不算太失败。十五年后翩然归来，依照惯例，总该有点交代。可这"新版序言"，起了好几回头，全都落荒而逃。原因是，写来写去，总摆脱不了十二年前那则旧文的影子。

　　因为突然的变故，这套书的出版略有耽搁——前五本刊行于1990年，后五本两年后方才面世。以当年的情势，这套无关家国兴亡的"闲书"，没有胎死腹中，已属万幸。更让我们感到欣慰的是，这十册小书出版后，竟大获好评，获得首届（1992）新闻出版署直属出版社优秀图书奖选题一等奖。我还因此应邀撰写了这则刊登在1992年11月18日《北京日报》上的《漫说"漫说文化"》。此文日后收入湖南教育出版社版《漫说文化》（1997）和北京大学出版社版《二十世纪中国文学三人谈·漫说文化》（2004），流传甚广。与其翻来覆去，车轱辘般说那么几句老话，还不如老老实实地引入这则旧文，再略加补正。

丛书出版后，记得有若干书评，多在叫好的同时，借题发挥。这其实是好事，编者虽自有主张，但文章俱在，读者尽可自由驰骋。一套书，能引起大家的阅读兴趣，让其体悟到"另一种散文"的魅力，或者关注"日常"与"细节"，落实"生活的艺术"，作为编者，我们于愿足矣。

这其中，唯一让我们很不高兴的是，香港勤＋缘出版社从人民文学出版社购得该丛书版权，然后大加删改，弄得面目全非，惨不忍睹。刚出了一册《男男女女》，就被我们坚决制止了。说来好笑，虽然只是编的书，也都像对待自家孩子一样，不希望被人肆意糟蹋。

也正因此，每当有出版社表示希望重刊这套丛书时，我们的要求很简单：保持原貌。因为，这代表了我们那个时候的眼光与趣味，从一个侧面凸现了神采飞扬的80年代，其优长与局限具有某种"史"的意义。很感谢复旦大学出版社，除了体谅我们维护原书完整性的苦心，还答应帮助解除人民文学出版社版印刷不够精美的遗憾。

2005年4月13日于京西圆明园花园

再记

陈平原

转眼间，十三年过去了。眼看复旦大学出版社版"漫说文化"丛书售罄，"领读文化"的康君再三怂恿，希望重刊这套很有意义的小书。

只要版权问题能解决，让旧书重新焕发青春，何乐而不为？更何况，康君建议请专业人士朗读录音，转化为二维码，随书付印，方便通勤路上或厨房里忙碌的诸君随时倾听。

某种意义上，科技正在改变国人的阅读习惯，一个明显的例子，便是"听书"成了时尚。对于传统中国文人来说，这或许是一种新的挑战。可对于现代中国散文来说，却是歪打正着。因为，无论是胡适的"国语的文学，文学的国语"，还是周作人的"有雅致的白话文"，抑或叶圣陶的主张"作文"如"写话"，都是强调文字与声音的紧密联系。

不仅看起来满纸繁花，意蕴宏深，而且既"上口"，又"入耳"，兼及声调和神气，这样的好文章，在"漫说文化"丛书中比比皆是。

如此说来，"旧酒"与"新瓶"之间的碰撞与对话，很可能产生绝妙的奇幻效果。

2018年3月21日于京西圆明园花园

导读

陈平原

  收集在这里的基本上都是闲文，除了所写系人生琐事、无关家国大业外，更在于文中几乎无处不在的闲情逸致。把善于消闲概括为"士大夫趣味"未必恰当，只不过文人确实于消闲外，更喜欢舞文弄墨谈消闲。谈消闲者未必真能消闲，可连消闲都不准谈的年代，感情的干枯粗疏与生活的单调乏味则可想而知。有那么三十年，此类闲文几乎绝迹，勉强找到的几篇，也都不尽如人意。说起来闲文也还真不好写，首先心境要宽松，意态要潇洒，文章才能有灵气。大文章有时还能造点假，散文小品则全是作家性情的自然流露，高低雅俗一目了然。当然，比起别的正经题目来，衣食住行、草木鸟兽乃至琴棋书画，无疑还是更对中国文人的口味。即使是在风云激荡的20世纪，也不难找到一批相当可读的谈论此类"生活的艺术"的散文小品。

一

　　"在中国，衣不妨污浊，居室不妨简陋，道路不妨泥泞，而独在吃上分毫不能马虎。衣食住行的四事之中，食的程度远高于其余一切，很不调和。中国民族的文化，可以说是口的文化。"这话是夏丏尊在1930年说的，半个世纪后读来仍觉颇为新鲜。唯一需要补充的是，不单普通中国人爱吃、善吃，而且中国文人似乎也格外喜欢谈论吃——在20世纪中国散文小品中，谈论衣、住、行的佳作寥寥无几，而谈论吃的好文章却比比皆是。

　　对于烹调专家来说，这里讲究的"吃"简直不能算吃。显然，作家关心的不是吃的"内容"，而是吃的"形式"。更准确地说，是渗透在"吃"这一行为中的人情物理。说"他民族的鬼只要香花就满足了，而中国的鬼仍依旧非吃不可"，故祭祀时要献猪头乃至全羊全牛（夏丏尊《谈吃》）；说中国人天上地下什么都敢吃，不过是为了心理需要，"人们对于那些奇特的食品往往喜欢'锡以嘉名'"（王了一《奇特的食物——瓮牖剩墨之十》）；说理想的饮食方法是"故意在清茶淡饭中寻其固有之味"，而这大概"在西洋不会被领解"（周作人《喝茶》）……这实际上探究的是体现在"食"上的民族文化心理。

　　正因为这样，谈论中国人"吃的艺术"的文章，基于其对民族文化的态度，大体上可分为两类：重在褒扬中国文化者，着力于表现中国人吃的情趣；重在批判国民性者，主要讽刺中国人吃的恶相。两者所使用的价值尺度不同，不过在承认中国人能吃而且借吃消闲这一点上是一致的。林语堂为洋派的抽烟卷辩护，不过说些"心旷神怡"或者"暗香浮动奇思涌发"之类着眼于实际效果的话（林语堂《我的戒烟》），哪及得上吴组缃所描述的那作为"我们民族文化的结晶"的抽水烟：有胡子的老伯伯吸烟时"表现了一种神韵，淳厚、圆润、老拙，有点像刘石庵的书法"；年轻美貌的婶子吸烟时"这风姿韵味自有一种秾纤柔媚之致，使你仿佛读到一章南唐词"；至于风流儒雅的先生吸烟时的神态，"这飘逸淡远的境界，岂不是有些近乎倪云林的山水？"你可以不欣赏乃至厌恶这种充满装饰意味的"生活的艺术"，可你不能不承认它自有其特点：它的真正效用并不在于过烟瘾，而是"一种闲逸生活的消遣与享受"（吴组缃《烟》）。实际上中国有特点的食物，多有这种"非功利"的纯为体味"闲中之趣"的意味，欣赏者、批判者都明白这一点。

夏丏尊怀疑"中国民族是否都从饿鬼道投胎而来"，因此才如此善吃（夏丏尊《谈吃》）；丰子恺讥笑中国人甚具吃瓜子的天才，"恐怕是全中国也可消灭在'格，呸''的，的'的声音中呢"（丰子恺《吃瓜子》），自然都颇为恶谑。可跟同时代关于国民性讨论的文章比较，不难理解作者的苦衷。至于吴组缃厌恶跟"古老农业民族生活文化"联系在一起的"闲散的艺术化生活"（吴组缃《烟》），阿英慨叹"不断的国内外炮火，竟没有把周作人的茶庵、茶壶和茶碗打碎"（阿英《吃茶文学论》），更是跟特定时代的政治氛围密切相关。在他们看来，"消闲"那是山人隐士的雅事，与为救亡图存而奋斗的新时代知识分子无缘，唯一的作用只能是销蚀斗志。这种反消闲的倾向在阶级斗争的弦绷得格外紧的年代里得到畸形的发展，烟茶之嗜好甚至成了治罪的根据。这就难怪邵燕祥要为一切饮茶者祝福："但愿今后人们无论老少，都不必在像喝茶之类的问题上瞻前顾后，做'最坏'条件的思想准备。"（邵燕祥《十载茶龄》）

其实，夏丏尊、丰子恺等人本性上又何尝真的不喜欢"消闲"，只不过为感时忧国故作决绝语。听丰子恺谈论吃酒的本旨乃为兴味、为享乐而不求功利、不求速醉，你才明白作家的真性情。而这种说法其实跟周作人关于茶食的诸多妙论没多少差别。在周氏看来，"我们于日用必需的东西以外，必须还有一点无用的游戏与享乐，才觉得生活有意思"，因而，喝不求解渴的酒与吃不求充饥的点心便是生活中必不可少的"装点"（周作人《北京的茶食》）。没这些当然也能活下去，可生活之干燥粗鄙与精美雅致的区别，正在这"无用的装点"上。所谓"'忙里偷闲，苦中作乐'，在不完全的现世享受一点美与和谐，在刹那间体会永久"，实不限于日本的茶道（周作人《喝茶》），中国人的饮食方式中也不乏此种情致。这里讲究的是饮食时的心境，而不是制作工艺的复杂或者原料之珍贵。作家们津津乐道的往往是普普通通的家乡小吃，而不是满汉全席或者其他什么宫廷名馔。除了贾平凹所说的，于家乡小吃中"地方风味、人情世俗更体察入微"外（贾平凹《陕西小吃小识录》），更有认同普通人日常生活的意味。靠挥金如土来维持饮食的"档次"，那是"暴发户"加"饕餮"，而不是真正的美食家。美食家当然不能为无米之炊，可追求的不是豪华奢侈，而是努力探寻家常饮馔中的真滋味、全滋味。这一点，财大气粗的饕餮自然无法理解，即使当年批判"消闲"的斗士们也未必都能领会。周作人的喝清茶、丰子恺的品黄酒、贾平凹的觅食小吃，实在都说不上靡费，可享受者所获得的乐趣与情致，确又非常人所能领悟。

不过，话说回来，近百年风云变幻，这种以消闲为基调的饮食方式实在久违了，绝大部分人的口味和感觉都变得粗糙和迟钝起来，难得欣赏周作人那瓦屋纸窗、清泉绿茶与素雅的陶瓷茶具。这点连提倡者也无可奈何。于是文中不免或多或少带点感伤与怀旧的味道，以及对"苦涩"的偏爱。周作人把爱喝苦茶解释为成年人的可怜之处，可我想下个世纪的中国人未必真能领悟这句话的分量——但愿如此。

· 二

比起"食"来，"衣""住""行"似乎都微不足道。20世纪的中国文人对"食"的兴趣明显高于其他三者。难道作家们也信"什么都假，只有吃在肚里是真的"？抑或中国过分发达的"食文化"对其"兄弟"造成了不必要的抑制？可纵观历史，

V

则又未必。或许这里用得上时下一句"名言"：越是乱世，越是能吃。战乱年代对服饰、居室的讲究明显降到最低限度，而流浪四方与旅游观光也不是一回事，可就是"吃"走到哪儿都忘不了，而且都能发挥水平。有那么三十年虽说不打仗，但讲究穿着成了资产阶级的标志，更不用说花钱走路这一"有闲阶级的陋习"，唯有关起门来吃谁也管不着，只要条件允许。这就难怪谈"衣""住""行"的好文章少得可怜。

林语堂称西装令美者更美、丑者更丑，而"中国服装是比较一视同仁，自由平等，美者固然不能尽量表扬其身体美于大庭广众之前，而丑者也较便于藏拙，不至于太露形迹了，所以中服很合于德谟克拉西的精神"（林语堂《论西装》），这自是一家之言，好在文章写得俏皮有趣。梁实秋谈男子服装千篇一律，而"女子的衣裳则颇多个人的差异，仍保留大量的装饰的动机，其间大有自由创造的余地"（梁实秋《衣裳》），文章旁征博引且雍容自如。可林、梁二君喜谈服装，却对服装不甚在行，强调衣裳是文化中很灿烂的一部分，可也没谈出个子丑寅卯。真正对服装有兴趣而且在行的是张爱玲，一篇《更衣记》，可圈可点之处实在太多了。语言风趣、学识渊博还在其次，更精彩的是作者力图描述时装与时代风气的关系，以及时装变化深层的文化心理。讲到清代女子服饰的特点时，张爱玲说："这样聚集了无数小小的有趣之点，这样不停地另生枝节，放恣，不讲理，在不相干的事物上浪费了精力，正是中国有闲阶级一贯的态度。唯有世上最清闲的国家里最闲的人，方才能够领略到这些细节的妙处。"民国初年，时装显出空前的天真轻快，喇叭管袖子的妙处是露出一大截玉腕。军阀来来去去，时装日新月异，并非表现出精神活泼、思想新颖，而是没能力改变生存境况的人们力图创造衣服这一"贴身环境"。30年代圆筒式的高领远远隔开了女神似的头与丰柔的肉身，象征了那理智化的淫逸风气。40年代旗袍的最重要变化是衣袖的废除，突出人体轮廓而不是衣服。至于40年代何以会在时装领域中流行减法——删去所有有用无用的点缀品，张爱玲没有述说。其实，几十年时装的变化是篇大文章的题目，非散文家三言两语所能解答。张氏不过凭机智以及对时装的"一往情深"，勾勒出其大致轮廓。

住所之影响于人的性格乃至一时的心境，无疑相当突出。因而，对住所的要求往往是主人人格的潜在表现。在郁达夫、梁实秋谈论住所的文章中，洋溢着鲜明的士大夫情趣，讲求的是雅致而不是舒适。当然，"舒适"需要更多的金钱，"雅致"则可以穷开心。穷是时代使然，可穷也要穷得有味——这是典型的中国文人心态。郁达夫要求的住所是能登高望远，房子周围要有树木草地（郁达夫《住所的话》）；梁实秋欣赏不能蔽风雨的"雅舍"，因其地势偏高，得月较先，虽说陈设简朴，但有个性，"有个性就可爱"（梁实秋《雅舍》）。

梁实秋说"我们中国人是最怕旅行的一个民族"（梁实秋《旅行》），这话不准确，翻翻古人留下的一大批情文并茂的游记，不难明白这一点。只是在兵荒马乱的年代，中国人才变得最怕旅行。旅行本来是逃避平庸、逃避丑恶以及培养浪漫情调的最好办法，它使得灰色单调的人生显得比较可以忍耐。可倘若旅行之难难于上青天，那也自然只好"猫"在家里了。完全圈在四合院里，不必仰屋，就想兴叹。于是有了变通的办法，若王力（即王了一）所描述的忙里偷闲的"蹓跶"（王了一《蹓跶——龙虫并雕斋琐语之二》），以及梁遇春所说的比"有意的旅行"更亲近自然的"通常的走路"（梁遇春《途中》）。"何处楼台无月明"，自己发现的美景不是远胜于千百万人说烂了的"名胜"？关键是培养一个易感的心境以及一双善于审美的眼睛，而不是恓恓惶惶筹集资金去赶万里路。于是，凡人百姓为谋生而必不可少的"通常的走路"，也可能具有审美的意义，当然，前提是心境的悠闲。

· 三

与谈衣食住行不同，20世纪中国作家对草木鸟兽以及琴棋书画的关注少得可怜。虽说陆蠡说养"鹤"、老舍说养鸽，还有周作人说玩古董与梁实秋说下棋，都是难得的好文章。可总的来说，这一辑文章明显薄弱，比起明清文人同类作品来，并没有多少值得夸耀的新意。这也是无可奈何的事。写作此类文章需要闲情逸致，这一百年虽也有周作人、林语堂等人提倡"生活的艺术"，可真正允许消闲的时候并不多。

这也是本书最后殿以一辑专作忙闲之辩的文章的原因。一方面是传统中国文人的趣味倾向于"消闲"，另一方面是动荡的时代以及忧国忧民的社会责任感要求远离"消闲"，作家们很可能有时候津津乐道，有时候又板起脸孔批判，而且两者都是出于真心，并无投机的意味。明白这一点，才能理解同一作家不同作品之间价值评判标准的矛盾。在我看来，忙闲之辩双方各有其价值，只是要求入选的文章写得有情致，火气太盛的"大批判文章"难免不入时人眼。自以为手握真理、可以置论敌于死地者，往往不屑于平心静气地展开论辩，或只是挖苦，或一味嘲讽，主要是表达一种情感意向而不是说理，因而时过境迁，文章多不大可读。

还有一点，提倡消闲者，往往是从个人安身立命考虑，且多身体力行；反对消闲者，则更多着眼于社会发展，主要要求世人遵循。为自己立论，文章容易潇洒轻松；为他人说教，则文章难得雍容优雅。当然，不排除编选者对前者的偏爱，造成某种理论的盲点，因而遗漏了一批好文章。好在批判消闲的宏文历来受到文学史家的肯定，各种选本也多有收录，读者不难找到。因而，即使单从补缺的角度，多收录几篇为消闲辩护的文章，似乎也是可以说得过去的。

正如王力所说的，"好闲"未必真的一定"游手"，"如果闲得其道，非特无损，而且有益"（王了一《闲——棕榈轩詹言之一》）。整天没完没了地工作，那是机器，而不是"人"——真正意义的人。丰子恺讲求"暂时脱离尘世"，放弃欲念，不谈工作，"白日做梦"，那对于健全的人生很有必要，就因为它"是快适的，是安乐的，是营养的"（丰子恺《暂时脱离尘世》）。其实，这一点中国古代文人早有领悟，从陶渊明、苏东坡，到张潮、李笠翁，都是"能闲世人之所忙者，方能忙世人之所闲"的"快乐天才"。这里"忙""闲"的对立，主要是所忙、所闲内容的对立，与周作人从日本引进的"努力的工作，尽情的欢乐"不尽相同。只是在强调消闲对于忙碌的世俗人生的重要性这方面，两者才有共同语言。

深受英国随笔影响的梁遇春，从另一个角度来谈论这一问题。反对无谓的忙乱，提倡迟起的艺术，"迟起本身好似是很懒惰的，但是它能够给我们最大的活气，使我们的生活跳动生姿"（梁遇春《"春朝"一刻值千金（懒惰汉的懒惰随想头之一）》）；讥笑毫无生气的谦让平和，赞赏任性顺情、万事随缘、充满幻想与乐观精神、无时不在尽量享受生命的"流浪汉"（梁遇春《谈"流浪汉"》）。有趣的是，梁遇春谈"流浪汉"，选中的中国古代文人是苏东坡，而这跟提倡闲适、名扬海内外的林语堂正相吻合。可见两者确有相通之处。

　　承认"消闲"对于人生的意义，并非提倡山人隐士式的"不知有汉，无论魏晋"，更不欣赏"妆点山林大架子，附庸风雅小名家"。忙忙碌碌终其一生不大可取，以闲适自傲也未必高明。如何把握"忙"与"闲"之间的比例，这里有个适当的"度"，过犹不及。人生的精义就在于这个颇为微妙的"度"。

1989年4月11日于畅春园

目　录

序 | 陈平原　　　　　　　　　　　　　　·I

附记 | 陈平原　　　　　　　　　　　　·I

再记 | 陈平原　　　　　　　　　　　　·I

导读 | 陈平原　　　　　　　　　　　　·I

北京的茶食 | 周作人　　　　　　　　·001

喝茶 | 周作人　　　　　　　　　　　·003

谈吃 | 夏丏尊　　　　　　　　　　　·007

我的戒烟 | 林语堂　　　　　　　　　·012

吃茶文学论 | 阿　英　　　　　　　　·017

吃瓜子 | 丰子恺　　　　　　　　　　·021

吃酒 | 丰子恺 · 029

辣椒——瓮牖剩墨之七 | 王了一 · 034

奇特的食物——瓮牖剩墨之十 | 王了一 · 038

烟 | 吴组缃 · 042

茶馆 | 黄 裳 · 050

止酒篇 | 宋云彬 · 055

吃粥有感 | 孙 犁 · 061

十载茶龄 | 邵燕祥 · 064

陕西小吃小识录 | 贾平凹 · 067

壶边天下 | 高晓声 · 077

途中 | 梁遇春 · 089

论西装 | 林语堂 · 097

住所的话 | 郁达夫 · 103

蹓跶——龙虫并雕斋琐语之二 | 王了一 · 107

更衣记 | 张爱玲 · 111

衣裳 | 梁实秋 · 122

雅舍 | 梁实秋 · 127

旅行 | 梁实秋 · 131

骨董小记 | 周作人 · 135

假山 | 叶圣陶 · 140

天冬草 | 吴伯箫 · 145

小动物们 | 老 舍 · 149

小动物们（鸽）续 | 老 舍 · 156

囚绿记 | 陆 蠡 · 164

鹤——昆虫鸟兽之一 | 陆 蠡 · 168

手杖——棕榈轩詹言之十 | 王了一 · 175

下棋 | 梁实秋 · 178

鸟 | 梁实秋 · 182

南京的骨董迷 | 方令孺 · 186

生活之艺术 | 周作人 · 190

谈"流浪汉" | 梁遇春 · 194

"春朝"一刻值千金（懒惰汉的懒惰

随想头之一）| 梁遇春 · 211

言志篇 | 林语堂　　　　　　　　· 217

秋天的况味 | 林语堂　　　　　　· 222

人生快事 | 柯　灵　　　　　　　· 225

撩天儿 | 朱自清　　　　　　　　· 228

闲——棕榈轩詹言之一 | 王了一　· 237

暂时脱离尘世 | 丰子恺　　　　　· 241

北京的茶食

周作人

在东安市场的旧书摊上买到一本日本文章家五十岚力的《我的书翰》，中间说起东京的茶食店的点心都不好吃了，只有几家如上野山下的空也，还做得好点心，吃起来馅和糖及果实浑然融合，在舌头上分不出各自的味来。想起德川时代江户的二百五十年的繁华，当然有这一种享乐的流风余韵留传到今日，虽然比起京都来自然有点不及。北京建都已有五百余年之久，论理于衣食住方面应有多少精微的造就，但实际似乎并不如此，即以茶食而论，就不曾知道有什么特殊的有滋味的东西。固然我们对于北京的情形不甚熟悉，只是随便撞进一家饽饽铺里去买一点来吃，但是就撞过的经验来说，总没有买到过很好吃的点心。难道北京竟是没有好的茶食，还是有而我们不知道呢？这也未必全是为贪口腹之欲，总觉得住在古老的京城里吃不到包含历史的精致的或颓废的点心是一个很大的缺陷。北京的朋友们，能够告诉我两三家做得上好点心的饽饽铺吗？

我对于二十世纪的中国货色，有点不大喜欢，粗恶的模仿品，美其名曰国货，且卖得比外国货更贵些。我对新房子里卖的东西，便不免都有点怀疑，虽然这样说好像遗老的口吻，但总之关于风流享乐的事我是颇迷信传统的。我在西四牌楼以南走过，望着异馥斋的丈许高的独木招牌，不禁神往，因为这不但表示它是义和团以前的老店，那模糊阴暗的字迹又引起我对一种焚香静坐的安闲而丰腴的生活的幻想。我不曾焚过什么香，却对于这件事很有趣味，然而终于不敢进香店去，因为怕他们在香合上已放着花露水与日光皂了。我们于日用必需的东西以外，必须还有一点无用的游戏与享乐，才觉得生活有意思。我们看夕阳，看秋河，看花，听雨，闻香，喝不求解渴的酒，吃不求饱的点心，都是生活上所必要的——虽然是无用的装点，而且是愈精致愈好。可怜现在的中国生活，却是极端地干燥粗鄙，别的不说，我在北京彷徨了十年，终未曾吃到好点心。

十三年二月

（选自《雨天的书》，北新书局，1925年版）

喝茶

周作人

　　前回徐志摩先生在平民中学讲"吃茶"——并不是胡适之先生所说的"吃讲茶"——我没有工夫去听，又可惜没有见到他精心构造的讲稿，但我推想他是在讲日本的"茶道"（英文译作 Teaism），而且一定说得很好。茶道的意思，用平凡的话来说，可以称作"忙里偷闲，苦中作乐"，在不完全的现世享受一点美与和谐，在刹那间体会永久，是日本之"象征的文化"里的一种代表艺术。关于这一件事，徐先生一定已有透彻巧妙的解说，不必再来多嘴，我现在所想说的，只是我个人的很平常的喝茶罢了。

　　喝茶以绿茶为正宗，红茶已经没有什么意味，何况又加糖与牛奶？葛辛（George Gissing）的《草堂随笔》（*Private Papers of Henry Ryecroft*）确是很有趣味的书，但冬之卷里说及饮茶，以为英国家庭里下午的红茶与黄油面包是一日中最大的乐事，中国饮茶已历千百年，未必能领略此种乐趣与实益的万分之一。我则殊不以为然，红茶带"土斯"未始不可吃，但这只是当饭，在肚饥时食之而已。我所谓的喝茶，却是在喝清茶，在赏鉴其色与香与味，意未必在止渴，自然更不在果腹了。中国古昔曾吃过煎茶及抹茶，现在所用的都是泡茶，冈仓觉三在《茶之书》（*Book of Tea*，1919）里很巧妙地称之曰"自然主义的茶"，所以我们所重的即在这自然之妙味。中国人上茶馆去，左一碗右一碗地喝了半天，好像是刚从沙漠里回来的样子，颇合于我的喝茶的意思（听说闽粤有所谓吃工夫茶者，自然也有道理），只可惜近来太是洋场化，失了本意，其结果成为饭馆子之流，只在乡村间还保存一点古风，唯是屋宇、器具简陋万分，或者但可称为颇有喝茶之意，而未可许为已得喝茶之道也。

喝茶当于瓦屋纸窗之下，清泉绿茶，用素雅的陶瓷茶具，同二三人共饮，得半日之闲，可抵十年的尘梦。喝茶之后，再去继续修各人的胜业，无论为名为利，都无不可，但偶然的片刻优游乃正亦断不可少。中国喝茶时多吃瓜子，我觉得不很适宜，喝茶时所吃的东西应当是轻淡的"茶食"。中国的茶食却变了"满汉饽饽"，其性质与"阿阿兜"相差无几，不是喝茶时所吃的东西了。日本的点心虽是豆米的成品，但那优雅的形色、朴素的味道，很合于茶食的资格，如各色的"羊羹"（据上田恭辅氏考据，说是出于中国唐时的羊肝饼）尤有特殊的风味。江南茶馆中有一种"干丝"，用豆腐干切成细丝，加姜丝酱油，重汤炖热，上浇麻油，出以供客，其利益为"堂倌"所独有。豆腐干中本有一种"茶干"，今变而为丝，亦颇与茶相宜。在南京时常食此品，据云以某寺方丈所制为最，虽也曾尝试，却已忘记，所记得者乃只是下关的江天阁而已。学生们的习惯，平常"干丝"既出，大抵不即食，等到麻油再加，开水重换之后，始行举箸，最为合适，因为一到即罄，次碗继至，不遑应酬，否则麻油三浇，旋即撤去，怒形于色，未免使客不欢而散，茶意都消了。

吾乡昌安门外有一处地方，名三脚桥（实在并无三脚，乃是三出，因以一桥而跨三叉的河上也），其地有豆腐店曰周德和者，制茶干最有名。寻常的豆腐干方约寸半，厚三分，值钱二文，周德和的价值相同，小而且薄，几及一半，黝黑坚实，如紫檀片。我家距三脚桥有步行两小时的路程，故殊不易得，但能吃到油炸者而已。每天有人挑担设炉镬，沿街叫卖，其词曰：

辣酱辣，

麻油炸，

红酱搽，

辣酱拓，

周德和格五香油炸豆腐干。

其制法如上所述，以竹丝插其末端，每枚值三文。豆腐干大小如周德和，而甚柔软，大约系常品。唯经过这样烹调，虽然不是茶食之一，却也不失为一种好豆食。——豆腐的确也是极东的佳妙的食品，可以有种种的变化，唯在西洋不会被领解，正如茶一般。

日本用茶淘饭，名曰"茶渍"，以腌菜及"泽庵"（即福建的黄土萝卜，日本泽庵法师始传此法，盖从中国传去）等为佐，很有清淡而甘香的风味。中国人未尝不这样吃，唯其原因，非由穷困即为节省，殆少有故意在清茶淡饭中寻其固有之味者，此所以为可惜也。

十三年十二月

（选自《雨天的书》，北新书局，1925年版）

谈吃

夏丏尊

　　说起新年的行事，第一件在我脑中浮起的是吃。回忆幼时一到冬季就日日盼望过年，等到过年将届，就乐不可支，因为过年的时候有种种乐趣，第一是吃的东西多。

　　中国人是全世界善吃的民族。普通人家，客人一到，男主人即上街办吃场，女主人即入厨罗酒浆，客人则坐在客堂里口嗑瓜子，耳听碗盏刀俎的声响，等候吃饭。吃完了饭，大事已毕，客人拔起步来说"叨扰"，主人说"没有什么好的待你"，有的还要苦留："吃了点心去"，"吃了夜饭去"。

　　遇到婚丧，庆吊只是虚文，果腹倒是实在。排场大的大吃七日五日，小的大吃三日一日。早饭、午饭、点心、夜饭、夜点心，吃了一顿又一顿，吃得来不亦乐乎，真是酒可为池、肉可成林。

　　过年了，轮流吃年饭，送食物。新年了，彼此拜来拜去，讲吃局。端午要吃，中秋要吃，生日要吃，朋友相会要吃，相别要吃。只要取得出名词，就非吃不可，而且一吃就了事，此外不必有别的什么。

小孩子于三顿饭以外，每日好几次地向母亲讨铜板，买食吃。普通学生最大的消费不是学费，不是书籍费，乃是吃的用途。成人对于父母的孝敬，重要的就是奉甘旨[1]。中馈自古占着女子教育上的主要部分。"食不厌精，脍不厌细"，"沽酒，市脯"，"割不正"，圣人不吃。梨子蒸得味道不好，贤人就可以出妻。家里的老婆如果弄得出好菜，就可以骄人。古来许多名士至于费尽苦心，别出心裁，考察出好几部特别的食谱来。

不但活着要吃，死了仍要吃。他民族的鬼只要香花就满足了，而中国的鬼仍依旧非吃不可。死后的饭碗，也和活时的同样重要，或者还更重要。普通人为了死后的所谓"血食"，不辞广蓄姬妾，预置良田。道学家为了死后的冷猪肉，不辞假仁假义，拘束一世。朱竹垞宁不吃冷猪肉，也不肯从其诗集中删去《风怀二百韵》的艳诗，至今犹传为难得的美谈，足见冷猪肉牺牲不掉的人之多了。

不但人要吃，鬼要吃，神也要吃，甚至连没嘴巴的山川也要吃。有的但吃猪头，有的要吃全猪，有的是专吃羊的，有的

---

① 奉甘旨：献上美好的食品。

是专吃牛的，各有各的胃口，各有各的嗜好，古典中大都详有规定，一查就可知道。较之于他民族对神只做礼拜，似乎他民族的神极端唯心，中国的神倒是极端唯物的。

梅村的诗道"十家三酒店"，街市里最多的是食物铺。俗语说"开门七件事"，家庭中最麻烦的不是教育或是什么，乃是料理食物。学校里最难处置的不是程度如何提高、教授如何改进，乃是饭厅风潮。

俗语说得好，只有"两脚的爷娘不吃，四脚的眠床不吃"。中国人吃的范围之广，真可使他国人为之吃惊。中国人于世界普通的食物之外，还吃着他国人所不吃的珍馐：吃西瓜的实，吃鲨鱼的鳍，吃燕子的窠，吃狗，吃乌龟，吃狸猫，吃癞蛤蟆，吃癞头鼋，吃小老鼠。有的或竟至吃到小孩的胞衣以及直接从人身上取得的东西。如果能够，怕连天上的月亮也要挖下来尝尝哩。

至于吃的方法，更是五花八门，有烤，有炖，有蒸，有卤，有炸，有烩，有醉，有炙，有熘，有炒，有拌，真正一言难尽。古来尽有许多做菜的名厨司，其名字都和名卿相一样煊赫地留在青史上。不，他们之中有的并升到高位，老老实实就是名卿相。如果中国有一件事是可以向世界自豪的，那么这并不是历史之久、土地之大、人口之众、军队之多、战争之频繁，乃是善吃一事。中国的肴菜已征服了全世界了。有人说中国人有三把刀为世界所不及，第一把就是厨刀。

不是见到喜庆人家挂着的福禄寿三星图吗？福禄寿是中国民族生活上的理想。画上的排列是禄居中央，右是福，寿居左。禄也者，拆穿了说就是吃的东西。老子也曾说过："虚其心，实其腹"，"圣人为腹不为目"。吃最要紧，其他可以不问。"嫖赌吃着"之中，普通人皆认吃最实惠。所谓"着威风，吃受用，赌对冲，嫖全空"，什么都假，只有吃在肚里是真的。

吃的重要更可于国人所用的言语上证之。在中国，"吃"字的意义特别复杂，什么都会带了"吃"字来说。被人欺负曰"吃亏"，打巴掌曰"吃耳光"，希求非分曰"想吃天鹅肉"，诉讼曰"吃官司"，中枪弹曰"吃卫生丸"，此外还有什么"吃生活""吃排头"等等。相见的寒暄，他民族说"早安""午安""晚安"，而中国人则说："吃了早饭没有？""吃了中饭没有？""吃了夜饭没有？"对于职业，普通也用"吃"字来表示，营什么职业就叫作吃什么饭。"吃赌饭""吃堂子饭""吃洋行饭""吃教书饭"，诸如此类，不必说了。甚至对于应以信仰为本的宗教者，应以保卫国家为职志的军士，也都加"吃"字于上。在中国，教徒不称信者，叫作"吃天主教的""吃耶稣教的"，从军的不称军人，叫作"吃粮的"，最近还增加了什么"吃党饭""吃三民主义"的许多新名词。

衣食住行为生活四要素，人类原不能不吃。但"吃"字的意义如此复杂，吃的要求如此露骨，吃的方法如此麻烦，吃的范围如此广泛，好像除了吃以外就无别事也者，求之于全世界，这怕只有中国民族如此的了。

在中国，衣不妨污浊，居室不妨简陋，道路不妨泥泞，而独在吃上分毫不能马虎。衣食住行的四事之中，食的程度远高于其余一切，很不调和。中国民族的文化，可以说是口的文化。

佛家说六道轮回，把众生分为天、人、修罗、畜生、地狱、饿鬼六道。如果我们相信这话，那么中国民族是否都从饿鬼道投胎而来，真是一个疑问。

（选自《中学生》，1930年1月第一号）

我的戒烟

林语堂

　　凡吸烟的人，大部分曾在一时糊涂时，发过宏愿，立志戒烟，在相当期限内与此烟魔，决一雌雄，到了十天半个月之后，才自己醒悟过来。我有一次也走入歧途，忽然高兴戒烟起来，经过三星期之久，才受良心责备，悔悟前非。我赌咒着，再不颓唐，再不失检，要老老实实做吸烟的信徒，一直到老耄为止。到那时期，也许会听青年会、俭德会、三姑六婆的妖言，把它戒绝，因为一人到此时候，总是神经薄弱，身不由主，难代负责。但是意志一日存在、是非一日明白时，决不会再受诱惑。因为经过此次的教训，我已十分明白，无端戒烟断绝我们魂灵的清福，这是一件亏负自己而无益于人的不道德行为。据英国生物化学名家夏尔登（Haldane）教授说，吸烟为人类有史以来最有影响于人类生活的四大发明之一。其余三大发明之中，记得有一件是接猴腺青春不老之新术。此是题外不提。

在那三星期中，我如何的昏迷，如何的懦弱，明知于自己的心身有益的一根小小香烟，就没有胆量取来享用，说来真是一段丑史。此时事过境迁，回想起来，倒莫名何以那次昏迷一发发到三星期。若把此三星期中之心理历程细细叙述起来，真是罄竹难书。自然，第一样，这戒烟的念头，根本就有点糊涂。为什么人生世上要戒烟呢？这问题我现在也答得出。但是我们人类的行为，总常是没有理由的，有时故意要做做不该做的事，有时处境太闲，无事可作，故意降大任于己身，苦其筋骨，饿其体肤，空乏其身，把自己的天性拂乱一下，预备做大丈夫吧？除去这个理由，我想不出当日何以想出这种下流的念头。这实有点像陶侃之运甓，或是像现代人的健身运动——文人学者无柴可剖，无水可汲，无车可拉，两手在空中无目的地一上一下，为运动而运动，于社会工业之生产，是毫无贡献的。戒烟戒酒，大概就是贤人君子的健灵运动吧。

自然，头三天，喉咙口里，以至气管上部，似有一种怪难堪、似痒非痒的感觉。这倒易办。我吃薄荷糖，喝铁观音，含法国顶上的补喉糖片。三天之内，便完全把那种怪痒克服消灭了。这是戒烟历程上之第一期，是纯粹生理上的奋斗，一点也不足为奇。凡以为戒烟之功夫只在这点的人，忘记吸烟乃魂灵上的事业；此一道理不懂，根本就不配谈吸烟。过了三天，我才进了魂灵战斗之第二期。到此时，我始恍然明白，世上吸烟的人，本有两种，一种只是南郭先生之徒，以吸烟跟人凑热闹而已。这些人之戒烟，是没有第二期的。他们戒烟，毫不费力。据说，他们想不吸就不吸，名之为"坚强的志愿"。其实这种人何尝吸烟？一人如能戒一癖好，如卖掉一件旧衣服，则其本非癖好可知。这种人吸烟，确是一种肢体上的工作，如刷牙、洗脸一类，可以刷，可以不刷，内心上没有需要、魂灵上没有意义的。这种人除了洗脸、吃饭、回家抱孩儿以外，心灵上是不会有所要求的，晚上同俭德会女会员的太太们看看《伊索寓言》也就安眠就寝了。辛稼轩之词、王摩诘之诗、贝陀芬之乐、王实甫之曲是与他们无关的。庐山瀑布还不是从上而下的流水而已？试问读稼轩之词、摩诘之诗而不吸烟，可乎？不可乎？

但是对于真正懂得吸烟的人，戒烟却有一个问题，全非俭德会的男女会员所能料到的。于我们这一派真正吸烟之徒，戒烟不到三日，其无意义，与待己之刻薄，就会浮现于目前。理智与常识就要问：为什么理由，政治上、社交上、道德上、生理上，或者心理上，一人不可吸烟，而故意要以自己的聪明埋没，违背良心，戕贼天性，使我们不能达到那心旷神怡的境地？谁都知道，作文者必精力美满，意到神飞，胸襟豁达，锋发韵流，方有好文出现；读书亦必能会神会意，胸中了无窒碍，神游其间，方算是读。此种心境，不吸烟岂可办到？在这兴会之时，我们觉得伸手拿一支烟乃唯一合理的行为。反是，把一块牛皮糖塞入口里，反为俗不可耐之勾当。我姑举一两件事为证。

我的朋友B君由北平来沪。我们不见面，已有三年了。在北平时，我们是晨昏时常过从的，夜间尤其要吸烟瞎谈文学、哲学、现代美术以及如何改造人间宇宙的种种问题。现在他来了，我们正在家里炉旁叙旧。所谈的无非是在平旧友的近况及世态的炎凉。每到妙处，我总是心里想伸一只手去取一支香烟，但是表面上却只有立起而又坐下，或者换换坐势。B君却自自然然地一口一口地吞云吐雾，似有不胜其乐之概。我已告诉他，我戒烟了，所以也不好意思当场破戒。话虽如此，心坎里只觉得不快，嗒然若有所失。我的神志是非常清楚的。每回B君高谈阔论之下，我都只能答一个"是"字，而实际上却恨不能同他一样地兴奋倾心而谈。这样畸形地谈了一两小时，我始终不肯破戒，我的朋友就告别了。论"坚强的志愿"与"毅力"，我是凯旋胜利者，但是心坎里却只觉得怏怏不乐。过了几天，B君途中来信，说我近来不同了，没有以前的兴奋，爽快谈吐也大不如前了，他说或者是上海的空气太恶浊所致。到现在，我还是怨悔那夜不曾吸烟。

又有一夜，我们在开会，这会按例每星期一次。到时聚餐之后，有人读论文，作为讨论，通常总是一种吸烟大会。这回轮着C君读论文，题目叫作"宗教与革命"，文中不少诙谐语。记得C君说冯玉祥是进了北派美以美会，蒋介石却进了南派美以美会。有人便说如此则吴佩孚不久定进西派美以美会。在这种扯谈之时，室内的烟气一层一层地浓厚起来，正是暗香浮动奇思涌发之时。诗人H君坐在中间，斜躺椅上，正在学放烟圈，一圈一圈地往上放出，大概诗意也跟着一层一层上升，其态度之自若，若有不足为外人道者。只有我一人不吸烟，觉得如独居化外，被放三危。这时戒烟越看越无意义了。我恍然觉悟，我太昏迷了。我追想搜索当初立志戒烟的理由，总搜寻不出一条理由来。

此后，我的良心便时起不安。因为我想，思想之贵在乎兴会之神感，但不吸烟之魂灵将何以兴感起来？有一下午，我去访一位洋女士。女士坐在桌旁，一手吸烟，一手靠在膝上，身微向外，颇有神致。我觉得醒悟之时到了。她拿烟盒请我。我慢慢地、镇静地，从烟盒中取出一支来，知道从此一举，我又得道了。

我回来，即刻叫茶房去买一盒白锡包。在我书桌的右端有一焦迹，是我放烟的地方。因为吸烟很少停止，所以我在旁刻一铭曰"惜阴池"。我本来估计大约要七八年，才能将这二英寸厚的桌面烧透。而在立志戒烟之时，惋惜这"惜阴池"深只有半生丁米突而已。所以这回又安放香烟时，心里非常快活。因为虽然尚有远大的前途，却可以日日进行不懈。后来因搬屋，书房小，书桌只好卖出，"惜阴池"遂不见。此为余生平第一恨事。

（选自《我的话》上册，时代图书公司，1934年版）

吃茶文学论

阿　英

　　吃茶是一件"雅事"，但这雅事的持权者，是属于"山人""名士"者流。所以往古以来，谈论这件事最起劲，而又可考的，多居此辈。若夫乡曲小子、贩夫走卒，即使在疲乏之余，也要跑进小茶馆去喝点茶，那只是休息与解渴，说不上"品"，也说不上"雅"的。至于采茶人，根本上就谈不上有什么好茶可喝，能留下一些"茶末""茶梗"，来供自己和亲邻们享受，已经不是茶区里的"凡人"了。

　　然而山人名士，不仅要吃好茶，还要写吃茶的诗，很精致地刻"吃茶文学"的集子。陆羽《茶经》以后，我们有的是讲吃茶的书。曾经看到一部明刻的《茶集》，收了唐以后的吃茶的文与诗，书前还刻了唐伯虎的两页《煮泉图》，以及当时许多文坛名人的题词。吃茶还需要好的泉水，从这《煮泉图》的题名上，也就可以想到。因此，当时讲究吃茶的名士，遥远地雇了专船去惠山运泉，是时见于典籍，虽然丘长孺为这件事，使"品茶"的人曾经狼狈过一回，闹了一点把江水当名泉的笑话。

钟伯敬写过一首《采雨诗》，有小序云："雨连日夕，忽忽无春，采之瀹茗，色香可夺惠泉。其法用白布，方五六尺，系其四角，而石压其中央，以收四至之水，而置瓮中庭受之。避溜者，恶其不洁也。终夕緢緢焉，虑水之不至，则亦不复知有雨之苦矣。以欣代厌，亦居心转境之一道也。"在无可奈何之中，居然给他想出这样的方法，采雨以代名泉，为吃茶，其用心之苦，是可以概见了；张宗子坐在闵老子家，不吃到他的名茶不去，而只耗去一天，又算得了什么呢？

还有，所以然爱吃茶，是好有一比的。爱茶的理由，是和"爱佳人"一样。享乐自己，也是装点自己。记得西门庆爱上了桂姐，第一次在她家请客的时候，应伯爵看西门庆那样地色情狂，在上茶的时候，曾经用首《朝天子》调儿的《茶调》开他玩笑。那词道："这细茶的嫩芽，生长在春风下。不揪不采叶儿楂，但煮着颜色大。绝品清奇，难描难画。口儿里常时呷，醉了时想他，醒来时爱他，原来一篓儿千金价。"拿茶比佳人，正说明了他们对于两者认识的一致性，虽说其间也相当地有不同的地方。

话虽如此，吃茶究竟也有先决的条件，就是生活安定。张大复是一个最爱吃茶的人了，在他的全集里、笔谈里，若果把讲吃茶的文章独立起来，也可以印成一本书。比他研究吃茶更深刻的，也许是没有吧。可是，当他正在研究吃茶的时候，妻子也竟要来麻烦他，说厨已无米，使他不得不放下吃茶的大事，去找买米煮饭的钱，而发一顿感叹。

从城隍庙冷摊上买回的一册日本的残本《近世丛语》，里面写得是更有趣了，说是："山僧嗜茶，有樵夫日过焉，僧辄茶之。樵夫曰：'茶有何德，而师嗜之甚也？'僧曰：'饮茶有三益，消食一也，除睡二也，寡欲三也。'樵夫曰：'师所谓三益者，皆非小人之利也。夫小人樵苏以给食，豆粥藜羹，仅以充腹，若嗜消食之物，是未免饥也。明而动，晦而休，晏眠熟寐，彻明不觉，虽南面王之乐莫尚之也，欲嗜除睡之物，是未免劳苦也。小人有妻，能与小人共贫窭者，以有同寝之乐也，若嗜寡欲之物，是令妻不能安贫也。夫如此，则三者皆非小人之利也，敢辞。'"可见，吃茶也并不是人人都能享到的"清福"，除掉那些高官大爵、山人名士的一类。

新文人中，谈吃茶、写吃茶文学的，也不乏人。最先有死在"风不知向哪一方面吹"的诗人徐志摩等，后有做吃茶文学运动、办吃茶杂志的孙福熙等。不过，徐诗人"吃茶论"已经成了他全集的佚稿，孙画家的杂志，也似乎好久不曾继续了。留下最好的一群，大概是只有"且到寒斋吃苦茶"的苦茶庵主周作人的一个系统。周作人从《雨天的书》时代（一九二五年）开始作"吃茶"，到《看云集》出版（一九三三年），还是在"吃茶"，不过在《五十自寿》（一九三四年）的时候，他是指定人

"吃苦茶"了。吃茶而到吃苦茶，其吃茶程度之高，是可知的，其不得已而吃茶，也是可知的，然而，我们不能不欣羡，不断的国内外炮火，竟没有把周作人的茶庵、茶壶和茶碗打碎呢。特殊阶级的生活是多么稳定啊。

八九年前，芥川龙之介游上海，他曾经那样地讽刺着九曲桥上的"茶客"；李鸿章时代，外国人也有"看中国人的'吃茶'，就可以看到这个国度无救"的预言。然而现在，即是就知识阶级言，不仅有"寄沉痛于苦茶者"，也有厌腻了中国茶，而提倡吃外国茶的呢。这真不能不令人有康南海式的感叹了："呜呼！吾欲无言！"

一九三四年

（选自《夜航集》，上海良友图书印刷公司，1935年版）

吃瓜子

丰子恺

从前听人说：中国人人人具有三种博士的资格——拿筷子博士、吹煤头纸博士、吃瓜子博士。

拿筷子、吹煤头纸、吃瓜子，的确是中国人独得的技术。其纯熟深造，想起来可以使人吃惊。这里精通拿筷子法的人，有了一双筷子，可抵刀锯叉瓢一切器具之用，爬罗剔抉，无所不精。这两根毛竹仿佛是身体上的一部分，手指的延长，或者一对取食的触手。用时好像变戏法者的一种演技，熟能生巧，巧极通神。不必说西洋了，就是我们自己看了，也可惊叹。至于精通吹煤头纸法的人，首推几位一天到晚捧水烟筒的老先生和老太太。他们的"要有火"比上帝还容易，只消向煤头纸上轻轻一吹，火便来了。他们不必出数元乃至数十元的代价去买打火机，只要有一张纸，便可临时在膝上卷起煤头纸来，向铜火炉盖的小孔内一插，拔出来一吹，火便来了。我小时候看见我们染坊店里的管账先生，有种种吹煤头纸的特技。我把煤头纸高举在他的额旁边了，他会把下唇伸出来，使风向上吹；我把煤头纸放在他的胸前了，他会把上唇伸出来，使风向下吹；我把煤头纸放在他的耳旁了，他会把嘴歪转来，使风向左右吹；我用手按住了他的嘴，他会用鼻孔吹，都是吹一两下就着火的。中国人对于吹煤头纸技术造诣之深，于此可以窥见。所可惜者，自从卷烟和火柴输入中国而盛行之后，水烟这种"国烟"竟被冷落，吹煤头纸这种"国技"也很不发达了。生长在都会里的小孩子，有的竟不会吹，或者连煤头纸这东西也不曾见过。在努力保存国粹的人看来，这也是一种可虑的现象。近来国内有不少人努力于国粹保存。国医、国药、国术、国乐，都有人在那里提倡。也许水烟和煤头纸这种国粹，将来也有人起来提倡，使之复兴。

但我以为这三种技术中最进步最发达的，要算吃瓜子。近来瓜子大王的畅销，便是其老大的证据。据关心此事的人说，瓜子大王一类的装纸袋里的瓜子，最近市面上流行的有许多牌子。最初是某大药房"用科学方法"创制的，后来有什么"好吃来公司""顶好吃公司"等种种出品陆续产出。到现在差不多无论哪个穷乡僻处的糖食摊上，都有纸袋装的瓜子陈列而倾销着了。现代中国人的精通吃瓜子术，由此盖可想见。我对于此道，一向非常短拙，说出来有伤于中国人的体面，但对自家人不妨谈谈。我从来不曾自动地找求或买瓜子来吃。但到人家做客，受人劝诱时，或者在酒席上、杭州的茶楼上，看见桌上现成放着瓜子盆时，也便拿起来咬。我必须注意选择，选那较大较厚而形状平整的瓜子，放进口里，用臼齿"格"地一咬，再吐出来，用手指去剥。幸而咬得恰好，两瓣瓜子壳各向两旁扩张而破裂，瓜仁没有咬碎，剥起来就较为省力。若用力不得其法，两瓣瓜子壳和瓜仁叠在一起而折断了，吐出来的时候我就担忧。那瓜子已纵断为两半，两半瓣的瓜仁紧紧地装塞在两半瓣的瓜子壳中，好像日本版的洋装书，套在很紧的厚纸函中，不容易取它出来。这种洋装书的取出法，现在都已从日本人那里学得，不要把指头塞进厚纸函中去力握，只要使函口向下，两手扶着函，上下振动数次，洋装书自会脱壳而出。然而半瓣瓜子的形状太小了，不能应用这个方法，我只得用指爪细细地剥取。有时因为练习弹琴，两手的指爪都剪平，和尚头一般的手指对它简直毫无办法。我只得乘人不见把它抛弃了。在痛感困难的时候，我本拟不再吃瓜子了。但抛弃了之后，觉得口中有一种非甜非咸的香味，会引逗我再吃。我便不由地伸起手来，另选一粒，再送交臼齿去咬。不幸而这瓜子太燥，我的用力又太猛，"格"地一响，玉石不分，咬成了无数的碎块，事体就更糟了。我只得把粘着唾液的碎块尽行吐出在手心里，用心挑选，剔去壳的碎块，然后用舌尖舐食瓜仁的碎块。然而这挑选颇不容易，因为壳的碎块的一面也是白色的，与瓜仁无异，我误认为全是瓜仁而舐进口中去嚼，其味虽非嚼蜡，却等于嚼砂。壳的碎片紧紧地嵌进牙齿缝里，找不到牙签就无法取出。碰到这种钉子的时候，我就下个决心，从此戒绝瓜子。戒绝之法，大抵是喝一口茶来漱一漱口，点起一支香烟，或者把瓜子盆推开些，把身体换个方向坐了，以示不再与它发生关系。然而过了几分钟，与别人谈了几句话，不知不觉之间，会跟了别人而伸手向盆中摸瓜子来咬。等到自己觉察破戒的时候，往往是已经咬过好几粒了。这样，吃了非戒不可，戒了非吃不可，吃而复戒，戒而复吃，我为它受尽苦痛。这使我现在想起了瓜子觉得害怕。

但我看别人，精通此技的很多。我以为中国人的三种博士才能中，咬瓜子的才能最可叹佩。常见闲散的少爷们，一只手指间夹着一支香烟，一只手握着一把瓜子，且吸且咬，且咬且吃，且吃且谈，且谈且笑。从容自由，真是"交关写意"！他们不需拣选瓜子，也不需用手指去剥。一粒瓜子塞进了口里，只消"格"地一咬，"呸"地一吐，早已把所有的壳吐出，而在那里嚼食瓜子的肉了。那嘴巴真像一具精巧灵敏的机器，不绝地塞进瓜子去，不绝地"格""呸""格""呸"……全不费力，可以永无罢休。女人们、小姐们的咬瓜子，态度尤加来得美妙；她们用兰花似的手指摘住瓜子的圆端，把瓜子垂直地塞在门牙中间，而用门牙去咬它的尖端。"的，的"两响，两瓣壳的尖头便向左右绽裂。然后那手敏捷地转个方向，同时头也帮着微微地一侧，使瓜子水平地放在门牙口，用上下两门牙把两瓣壳分别拨开，咬住了瓜子肉的尖端而抽它出来吃。这吃法不但"的，的"的声音清脆可听，那手和头的转侧的姿势窈窕得很，有些妩媚动人。连丢去的瓜子壳也模样姣好，有如朵朵兰花。由此看来，咬瓜子是中国少爷们的专长，而尤其是中国小姐、太太们的拿手戏。

在酒席上、茶楼上，我看见过无数咬瓜子的圣手。近来瓜子大王畅销，我国的小孩子们也都学会了咬瓜子的绝技。我的技术，在国内不如小孩子们远甚，只能在外国人面前占胜。记得从前我在赴横滨的轮船中，与一个日本人同舱。偶检行箧，发现亲友所赠的一罐瓜子。旅途寂寥，我就打开来和日本人共吃。这是他平生没有吃过的东西，他觉得非常珍奇。在这时候，我便老实不客气地装出内行的模样，把吃法教导他，并且示范地吃给他看。托祖国的福，这示范没有失败。但看那日本人的练习，真是可怜得很！他如法将瓜子塞进口中，"格"地一咬，然而咬时不得其法，唾液把瓜子的外壳全部浸湿，拿在手里剥的时候，滑来滑去，无从下手，终于滑落在地上，无处寻找了。他空咽一口唾液，再选一粒来咬。这回他剥时非常小心，把咬碎了的瓜子陈列在舱中的食桌上，俯伏了头，细细地剥，好像修理钟表的样子。约莫一二分钟之后，好容易剥得了些瓜仁的碎片，郑重地塞进口里去吃。我问他滋味如何，他点点头连称umai，umai！（好吃，好吃！）我不禁笑了出来。我看他那阔大的嘴里放进一些瓜仁的碎屑，犹如沧海中投以一粟，亏他辨出umai的滋味来。但我的笑不仅为这点滑稽，本由于骄矜自夸的心理。我想，这毕竟是中国人独得的技术，像我这样对于此道最拙劣的人，也能在外国人面前占胜，何况国内无数精通此道的少爷、小姐们呢？

发明吃瓜子的人，真是一个了不起的天才！这是一种最有效的"消闲"法。要"消磨岁月"，除了抽鸦片以外，没有比吃瓜子更好的方法了。其所以最有效者，因为它具备三个条件：一、吃不厌；二、吃不饱；三、要剥壳。

俗语形容瓜子吃不厌，叫作"勿完勿歇"。因为它有一种非甜非咸的香味，能引逗人不断地要吃。想再吃一粒不吃了，但是嚼完吞下之后，口中余香不绝，不由你不再伸手向盆中或纸包里去摸。我们吃东西，凡一味甜的，或一味咸的，往往易于吃厌。只有非甜非咸的，可以久吃不厌。瓜子的百吃不厌，便是为此。有一位老于应酬的朋友告诉我一段吃瓜子的趣话：说他已养成了见瓜子就吃的习惯。有一次同朋友到戏馆里看戏，坐定之后，看见茶壶的旁边放着一包打开的瓜子，便随手从包里掏取几粒，一面咬着，一面看戏，咬完了再取，取了再咬。如是数次，发现邻席的不相识的观剧者也来掏取，方才想起了这包瓜子的所有权，低声问他的朋友："这包瓜子是你买来的吗？"那朋友说："不。"他才知道刚才是擅吃了人家的东西，便向邻座的人道歉。邻座的人很漂亮，付之一笑，索性正式地把瓜子请客。由此可知，瓜子这样东西，对中国人有非常的吸引力，不管三七二十一，见了瓜子就吃。

俗语形容瓜子吃不饱，叫作"吃三日三夜，长个屎尖头"。因为这东西分量微小，无论如何也吃不饱，连吃三日三夜，也不过多排泄一粒屎尖头。为消闲计，这是很重要的一个条件。倘分量大了，一吃就饱，时间就无法消磨。这与赈饥的粮食的目的完全相反。赈饥的粮食求其吃得饱，消闲的粮食求其吃不饱。最好只尝滋味而不吞物质。最好越吃越饿，像罗马亡国之前所流行的"吐剂"一样，开筵大嚼，醉饱之后，咬一下瓜子可以再来开筵大嚼，一直把时间消磨下去。

要剥壳也是消闲食品的一个必要条件。倘没有壳，吃起来太便当，容易饱，时间就不能多多消磨了。一定要剥，而且剥的技术要有声有色，使它不像一种苦工，而像一种游戏，方才适合于有闲阶级的生活，可让他们愉快地把时间消磨下去。

具足以上三个利于消磨时间的条件的，在世间一切食物之中，想来想去，只有瓜子。所以我说发明吃瓜子的人是了不起的天才。而能尽量地享用瓜子的中国人，在消闲一道上，真是了不起的积极的实行家！试看糖食店、南货店里的瓜子的畅销，试看茶楼、酒店、家庭中满地的瓜子壳，便可想见中国人在"格，呸""的，的"的声音中消磨去的时间，每年统计起来为数一定可惊。将来此道发展起来，恐怕是全中国也可消灭在"格，呸""的，的"的声音中呢。

我本来见瓜子害怕，写到这里，觉得更加害怕了。

一九三四年四月二十日

（选自《缘缘堂随笔集》，浙江文艺出版社，1983年版）

吃酒

丰子恺

　　酒，应该说饮，或喝。然而我们南方人都叫吃。古诗中有"吃茶"，那么酒也不妨称吃。说起吃酒，我忘不了下述几种情境：

　　二十多岁时，我在日本结识了一个留学生，崇明人黄涵秋。此人爱吃酒，富有闲情逸致。我二人常常共饮。有一天风和日暖，我们乘小火车到江之岛去游玩。这岛临海的一面，有一片平地，芳草如茵，柳荫如盖，中间设着许多矮榻，榻上铺着红毡毯，和环境做成强烈的对比。我们两人踞坐一榻，就有束红带的女子来招待。"两瓶正宗，两个壶烧。"正宗是日本的黄酒，色香味都不亚于绍兴酒。壶烧是这里的名菜，日本名叫tsuboyaki，是一种大螺蛳，名叫荣螺（sazae），约有拳头来大，壳上生许多刺，把刺修整一下，可以摆平，像三足鼎一样。把这大螺蛳烧杀，取出肉来切碎，再放进去，加入酱油等调味品，煮熟，就用这壳作为器皿，请客人吃。这器皿像一把壶，所以名为壶烧。其味甚鲜，确是侑酒佳品。用的筷子更佳：这双筷用纸袋套好，纸袋上印着"消毒割箸"四个字，袋上又插着一个牙签，预备吃过之后用的。从纸袋中拔出筷来，但见一半已割裂，一半还连接，让客人自己去裂开来。这木头是消毒过的，而且没有人用过，所以用时心地非常快适。用后就丢弃，价廉并不可惜。我赞美这种筷，认为是世界上最进步的用品。西洋人用刀叉，太笨重，要洗过方能再用；中国人用竹筷，也是洗过再用，很不卫生，即使是象牙筷也不卫生。日本人的消毒割箸，就同牙签一样，只用一次，真乃一大发明。他们还有一种牙刷，非常简单，到处有杂货店发卖，价钱很便宜，也是只用一次就丢弃的。于此可见日本人很有小聪明。且说我和老黄在江之岛吃壶烧酒，三杯入口，万虑皆消。海鸟长鸣，天风振袖。但觉心旷神怡，仿佛身在仙境。老黄爱调笑，看见年青侍女，就和她搭讪，问年纪，问家乡，引起她身世之感，使她掉下泪来。于是临走多给小账，约定何日重来。我们又仿佛身在小说中了。

又有一种情境，也忘不了。吃酒的对手还是老黄，地点却在上海城隍庙里。这里有一家素菜馆，叫作春风松月楼，百年老店，名闻遐迩。我和老黄都在上海当教师，每逢闲暇，便相约去吃素酒。我们的吃法很经济：两斤酒，两碗"过浇面"，一碗冬菇，一碗十景。所谓过浇，就是浇头不浇在面上，而另盛在碗里，作为酒菜。等到酒吃好了，才要面底子来当饭吃。人们叫别了，常喊作"过桥面"。这里的冬菇非常肥鲜，十景也非常入味。浇头的分量不少，下酒之后，还有剩余，可以浇在面上。我们常常去吃，后来那堂倌熟悉了，看见我们进去，就叫"过桥客人来了，请坐请坐！"现在，老黄早已作古，这素菜馆也改头换面，不可复识了。

另有一种情境，则见于患难之中。那年日本侵略中国，石门湾沦陷，我们一家老幼九人逃到杭州，转桐庐，在城外河头上租屋而居。那屋主姓盛，兄弟四人。我们租住老三的屋子，隔壁就是老大，名叫宝函。他有一个孙子，名叫贞谦，约十七八岁，酷爱读书，常常来向我请教问题，因此宝函也和我要好，常常邀我到他家去坐。这老翁年约六十多岁，身体很健康，常常坐在一只小桌旁边的圆鼓凳上。我一到，他就请我坐在他对面的椅子上，站起身来，揭开鼓凳的盖，拿出一把大酒壶来，在桌上的杯子里满满地斟了两盅，又从鼓凳里摸出一把花生米来，就和我对酌。他的鼓凳里装着棉絮，酒壶裹在棉絮里，可以保暖，斟出来的两碗黄酒，热气腾腾。酒是自家酿的，色香味都上等。我们就用花生米下酒，一面闲谈。谈的大都是关于他的孙子贞谦的事。他只有这孙子，很疼爱他，说："这小人一天到晚望书，身体不好……"望书即看书，是桐庐土白。我用空话安慰他，骗他酒吃。骗得太多，不好意思，我准备后来报谢他。但我们住在河头上不到一个月，杭州沦陷，我们匆匆离去，终于没有报谢他的酒惠。现在，这老翁不知是否在世，贞谦已入中年，情况不得而知。

最后一种情境，见于杭州西湖之畔。那时我僦居在里西湖招贤寺隔壁的小平屋里，对门就是孤山，所以朋友送我一副对联，叫作"居邻葛岭招贤寺，门对孤山放鹤亭"。家居多暇，则闲坐在湖边的石凳上，欣赏湖光山色。每见一中年男子，蹲在岸上，在湖边垂钓。他钓的不是鱼，而是虾。钓钩上装一粒饭米，挂在岸石边。一会儿拉起线来，就有一只很大的虾。其人把它关在一个瓶子里。于是再装上饭米，挂下去钓。钓得了三四只大虾，他就把瓶子藏入藤篮里，起身走了。我问他："何不再钓几只？"他笑着回答说："下酒够了。"我跟他去，见他走进岳坟旁边的一家酒店里，拣一座头坐下了。我就在他旁边的桌上坐下，叫酒保来一斤酒、一盆花生米。他也叫一斤酒，却不叫菜，取出瓶子来，用钓丝缚住了这三四只虾，拿到酒保烫酒的开水里去一浸，不久取出，虾已经变成红色了。他向酒保要一小碟酱油，就用虾下酒。我看他吃菜很省，一只虾要吃很久，由此可知此人是个酒徒。

此人常到我家门前的岸边来钓虾。我被他引起酒兴，也常跟他到岳坟去吃酒，彼此相熟了，但不问姓名。我们都独酌无伴，就相与交谈。他知道我住在这里，问我何不钓虾。我说我不爱此物。他就向我劝诱，尽力宣扬虾的滋味鲜美，营养丰富，又教我钓虾的窍门。他说："虾这东西，爱躲在湖岸石边。你倘到湖心去钓，是永远钓不着的。这东西爱吃饭粒和蚯蚓。但蚯蚓醒鯢，它吃了，你就吃它，等于你吃蚯蚓。所以我总用饭粒。你看，它现在死了，还抱着饭粒呢。"他提起一只大虾来给我看，我果然看见那虾还抱着半粒饭。他继续说："这东西比鱼好得多。鱼，你钓了来，要剖，要洗，要用油盐酱醋来烧，多少麻烦。这虾就便当得多：只要到开水里一煮，就好吃了。不需花钱，而且新鲜得很。"他这钓虾论讲得头头是道，我真心赞叹。

这钓虾人常来我家门前钓虾，我也好几次跟他到岳坟吃酒，彼此熟识了，然而不曾通过姓名。有一次，夏天，我带了扇子去吃酒。他借看我的扇子，看到了我的名字，吃惊地叫道："啊！我有眼不识泰山！"于是叙述他曾经读过我的随笔和漫画，说了许多仰慕的话。我也请教他姓名，知道他姓朱，名字现已忘记，是在湖滨旅馆门口摆刻字摊的。下午收了摊，常到里西湖来钓虾吃酒。此人自得其乐，甚可赞佩。可惜不久我就离开杭州，远游他方，不再遇见这钓虾的酒徒了。

写这篇琐记时，我久病初愈，酒戒又开。回想上述情景，酒兴顿添，正是"昔年多病厌芳尊，今日芳尊惟恐浅"。

一九七二年

（选自《缘缘堂随笔集》，浙江文艺出版社，1983年版）

辣椒

——瓮牖剩墨之七

王了一

　　辣椒作为食品，不知起于何时。只听说孔子不撤姜食，却不曾说他吃辣椒。楚辞中"椒"字最多，《离骚》中有"杂申椒与菌桂兮"，有"怀椒醑而要之"，《九歌》中有"奠桂酒兮椒浆"。祭神的东西也该是人吃的东西，恰巧屈原又是湖南人，若说他吃辣椒，是可以说得通的。但是，依考据家的说法，《诗经》所谓"椒聊之实"、《离骚》所谓"申椒""椒醑""椒浆"、《荆楚岁时记》所谓"椒酒"，都只是花椒，不是辣椒。由此看来，中国吃辣椒的习惯并不是自古而然的。

　　辣椒又名番椒，也许是来自西番。清代称川、甘、云、贵等省边境的民族为番户，也许辣椒是由番户传入汉族的，但不一定晚到清代。依现在看来，喜欢辣椒的人多半是四川、云南、贵州、湖南的住民，这一个假说似乎可以成立。然而咱们也不能全靠望文生义来做考证，譬如胡椒又何尝是来自匈奴的呢？我们希望旅行家帮助我们解决这个问题：如果阿剌伯、伊朗、阿富汗、印度各处都有吃辣椒的风俗，那么，"辣椒西来说"更可以确信无疑了。

可惜得很，咱们不知道发现辣椒的故事。据说咖啡是这样被发现的：从前亚比西尼亚有一个牧羊人，他看见他的羊群忽然精神兴奋，大跳大跑。他仔细研究原因，才知道它们啃食了某一种树的叶子和果实，以致如此。他采了些果实回家煎汤吃下去，果然他自己也精神兴奋起来。吃上了瘾，就常常煎来吃。后来人们把制法改良了，就成为今日的咖啡。至于辣椒，它是怎样被发现的呢？神农尝百草的时候一定没有遇见它，否则他不会放过了这种佐食的珍品，以致孔夫子只好吃姜。不过，批驳我的人也可以说：神农尝百草为的是觅药治病，并不想要发现好吃的东西。他很明白"良药苦口利于病"的道理，辣椒既然不苦，他自然不收它了。

辣椒的功用，据说是去湿气、助消化、除胃病，我不懂药性，但我猜想它助消化的能力，并不输给胡椒。凡物有幸有不幸，胡椒和辣椒亦复如是。从前有些荷兰人和葡萄牙人知道胡椒是好东西，就视为秘种，在南洋偷种着，把它磨成粉末，带到欧洲卖大价钱。至今法国还有一句俗语，形容物价太高就说"像胡椒一样贵！"后来到了十八世纪，有个法国人名叫丕耶尔浦华佛尔的，他想法子得到了些胡椒种子，才把它公开了。所以法国人就把胡椒叫作"浦华佛尔"。现在西餐席上，胡椒瓶和盐瓶并列，西洋人认为"不可一日无此君"。至于辣椒呢，在西洋的菜场上虽偶然可以买到，但是欧洲人是不喜欢吃的。他们看见中国人吃还摇头呢！因此我们希望中国研究药性的科学家细心研究辣椒的功用，如果它真能去湿气、助消化、除胃病，就不妨把它郑重地介绍给西洋人。咱们也不希望留秘种，也不希望把大量的辣椒粉作为主要出口产品，运到欧洲去卖大价钱，不过，至少得让西洋人知道中国人会吃好东西！

但是，在未向西洋人宣传以前，川滇黔湘的人应先向江浙闽粤及华北的人去宣传。川滇人把辣椒称为"辣子"，有亲之之意；江浙人叫它作"辣货"，则有远之之意。"辣货"不是比"泼辣货"只差一个字吗？至于闽粤各地，更有些地方完全不懂辣椒的好处的。据说广东的廉江、遂溪一带，市面上没有辣椒卖，外省人到那里住的爱吃辣椒时，只好到荒地上找寻野生的辣椒。可见辣椒在中国也尽有发展的园地。只要西南的人肯努力宣传，"口之于味，有同嗜焉"①，我相信不久的将来，辣椒将成为全国的好友。据我所知，有几位素来不吃辣椒的太太，在长沙住了两三个月，居然吃起辣椒来，现在竟是相依为命，成为非椒不饱的人了。

---

① 语见《孟子·告子上》。

在乡间住了一年多，更懂得辣椒的宝贵。贫穷的人家，辣椒算是最能下饭的好菜。人类是需要刺激的。大都市的人们从电影院和跳舞场中找刺激，乡下人没有这些。除了旱烟和烧酒之外，就只有辣椒能给他们以刺激了。辛苦了一天之后，"持椒把酒"，那一副怡然自得的神气，竟和骚人墨客的"持螯把酒"差不多。

辣椒之动人，在激，不在诱。而且它激得凶，一进口就像刺入了你的舌头，不像咖啡的慢性刺激。只凭这一点说，它已经具有"刚者"之强。湖南人之喜欢革命，有人归功于辣椒。依这种说法，现在西南各省支持抗战，不屈服，不妥协，自然更是受了辣椒的刚者之德的感召了。向来不喜欢辣椒的我，在辣椒之乡住了几年，颇有同化的倾向。近来新染胃病，更想一试良药。再者，最廉价的香烟每盒的价钱已经超过我每日的收入之半数，我在戒烟之后，很想找出一种最便宜而又最富于刺激性的替代品。因此，我现在已经下了决心和椒兄订交了。

一九四二年冬《中央周刊》

（选自《龙虫并雕斋琐语》，中国社会科学出版社，1982年版）

奇特的食物

王了一

　　我常常像小孩般发出一个疑问：人类的食品为什么大致相同？是各民族不约而同地各自发现的呢，还是由甲地传入乙地，逐渐传遍全世界的呢？像米、胡椒、芥末之类，自然是从东方传入欧洲的，但是，牛羊鸡猪以及麦类等，又是谁传给谁的呢？

　　不过，从反面说，不相同的食品也不少。甲民族所不吃的东西，如果乙民族吃它，就被认为一种奇特的风俗。实际上，凡不含毒素的东西都可以作为食品。然而人们却不能这样客观，总觉得我们所认为不能吃，甚至令人作呕或可怕的东西，而你们居然吃了，实在是一件不可思议的事情。成见深些的人，会因此就把野蛮民族的头衔轻轻地加在别人的身上！当法国人笑咱们中国人吃"燕子窝"的时候，我并不耐烦和他们解释一番大道理，我只回答他们说："中国人虽吃燕子窝，却不像你们吃蜗牛啊！"

吃鳖的风俗，中国上古就有了。郑公子归生因为吃不着大鳖，竟至于杀君。吃狗的风俗，中国上古也有了。《礼记》言"食犬"，《仪礼》言"烹狗"，这是多么正经！孟子说"鸡豚狗彘之畜，无失其时，七十者可以食肉矣，"竟像是说七十岁才有吃狗肉的权利，这是多么珍贵！《左传》说"郑伯使卒出豭，行出犬鸡，以诅射颖考叔者"，则狗肉还可以祭鬼神呢！狗肉做食品，始于何时，固然难于考定。然而殷墟文字中已有"犬"字，谁也不敢断言当时的狗只为畋猎之用，耕牛可供食品，猎犬何独不然？吃狗肉的风俗直至汉代还未消灭，所以樊哙能以屠狗为业。其实，猪是世界上最脏的畜类，人们尚且吃它，狗肉又何尝不可以吃？问题在乎当时的狗是否也吃人粪。我想是不吃的，等到它吃粪的时代，一般人就不吃它了。《史记正义》在"屠狗"下注云："时人食狗，亦与羊豕同，故哙专屠以卖之。"可见唐代的人已经不吃狗肉。

除了鳖和狗之外，现代广东人还吃猫、蛇、猴等物。其实这种奇异的食品是更仆难数的。龙虱、蚂蚱之类，喜欢吃的人不愿意把它们去换海参、鱼翅！广西南部有一种当篱笆用的小树名叫"篱固"，牧童们喜欢用刀剜取树中的一种蛹，用油煎熟来饮酒。此外，黄蜂的蛹也是下酒的佳肴。

小孩的食品也有很奇特的。据说兽粪中的一种硬壳虫是小孩的滋补品。如果小孩伤风咳嗽，用蜣螂去头足，煎汤服之即愈。越南人对于小孩，喜欢给他吃壁蟢。据说也是滋补品。

成年人所吃的药品，在中国也有极奇特的。中药书上的人中黄、人中白、紫河车之类，非但吓倒西洋人，连我们这一代的中国人恐怕也咽不下去。此外还有些药书所未登录的验方，例如脖子内生疬子筋的人，据说壁虎可治。其法系将活的壁虎送进喉咙，注意使它的尾巴先进去。这种治病方法实在惊人，但只可惜壁虎的味道不能细细咀嚼了。

奇特的食品在吃惯了的人看来也并不奇特。但是，不知是否怕别处的人嗤笑，人们对于那些奇特的食品往往喜欢"锡以嘉名"。明明是鳖，偏叫它甲鱼；明明是青蛙，偏叫它田鸡；明明是甲壳虫之一种，偏叫它龙虱；明明是蛇和猫，偏叫它龙虎斗；明明是狗肉，偏叫它香肉。药品亦然，明明是胞衣，偏叫它紫河车。其实这也难怪，名称对于心理的影响是很大的。冬笋是咱们所喜欢吃的东西，西洋人偏要说咱们吃的是"嫩竹"或"竹芽"，听来未免有点儿刺耳。咱们的顶上官燕在他们的嘴里变了"燕子窝"，连咱们中国人听了这种名称也要作三日呕了。

大致说来，凡能刺激人的东西都是好的。湖南人的辣椒、广东人的苦瓜，其妙处全在那辣和苦。最臭的东西也就是最香的。初到南洋的人，每吃"流连"（水果名）一次，必呕吐一番。但是，如果你肯多吃几次，则你之喜欢"流连"，将甚于杨贵妃之喜欢荔枝。"日啖流连三十颗，不妨长作南洋人"，华侨当中不乏作此想者。最令人作呕的东西也就是最富于异味的。相传蜀中某名士擅易牙之术①，一日宴客，自任烹调。众客围桌以待朵颐②之乐。忽见仆人把一只马桶端上桌来，主人跟着进来把桶盖揭开，里面珍错杂陈。吃起来，其味百倍于常品，这主人就是善于利用人们的恶心的。

我们认为，每一个民族都有选择他们的食品的自由。假使有某一地方的人奉耗子为珍馐，我们也并不觉得他们比吃兔肉的人更野蛮、更可鄙。但是，不反对人家虽是易事，和人家同化毕竟很难。十年前我被法国朋友强劝，吃了一个蜗牛，差点儿不曾呕出来，至今犹有余悔。我非但是中国人，而且家乡距离专吃异味的广东不到二十里，然而我生平对于田鸡和甲鱼，始终不敢稍一染指；鳝鱼虽吃过几次，总不免"于我心有戚戚焉"③；至于猢狲、长虫、狸奴④和守门忠仆之流，更不是我所敢问津的了。——唉！人类几时能免为成见的奴隶呢？

一九四二年春《中央周刊》

（选自《龙虫并雕斋琐语》，中国社会科学出版社，1982年版）

---

① 指烹调法。易牙是春秋时齐国人，善调味。

② 指吃。朵，动；颐，腮。语见《周易·颐》。

③ 语见《孟子·梁惠王上》。原意是我心也有同感，这里指由于害怕而有点心惊。戚戚，心动的样子。

④ 狸奴，即猫。

烟

吴组缃

　　自从物价高涨，最先受到威胁的，在我，是吸烟。每日三餐，孩子们捧起碗来，向桌上一瞪眼，就撅起了小嘴巴，没有肉吃。"爸爸每天吸一包烟，一包烟就是一斤多肉！"我分明听见那些乌溜溜的眼睛这样抱怨着。干脆把烟戒了吧！但以往我有过多少次经验的：十天半个月不吸，原很容易办到，可是易戒难守，要想从此戒绝，我觉得比旧时代妇女守节难得多。活到今天，还要吃这个苦？心里觉得不甘愿。

　　我开始吸劣等烟卷，就是像磁器口街头制造的那等货色，吸一口，喉管里一阵辣，不停地咳呛，口发涩，脸发红，鼻子里直冒火；有一等的一上嘴，卷纸就裂开了肚皮；有一等的叼它半天，不冒一丝烟星儿。我被折顿得心烦意躁，每天无缘无故要多发几次不小的脾气。

　　内人赶场回来，笑嘻嘻地对我说："我买了个好的东西赠你，你试试行不行。"她为我买来一把竹子做的水烟袋，还有一包上等的水烟丝，那叫作麻油烟。我是乡村里长大的，最初吸烟，并且吸上了所谓瘾，就正是这水烟。这是我的老朋友，它被我遗弃了大约二十年了。如今处此困境，看见它那副派头，不禁勾起我种种旧情，我不能不感到欣喜。于是约略配备起来，布拉布拉吸着，并且看着那缭绕的青烟，凝着神，想。

并非出于"酸葡萄"的心理，我是认真以为，要谈浓厚的趣味，要谈佳妙的情调，当然是吸这个水烟。这完全是一种生活的艺术，这是我们民族文化的结晶。

最先，你得会上水，稍微多上了一点，会喝一口辣汤；上少了，不会发出那舒畅的声音，使你得着奇异的愉悦之感。其次，你得会装烟丝，掐这么一个小球球，不多不少，在拇指、食指之间一团一揉，不轻不重，而后放入烟杯子，恰如其分地捺它一下——否则，你别想吸出烟来。接着，你要吹纸捻儿，"卜陀"一口，吹着了那点火星儿，百发百中，这比变戏法还要有趣。当然，这吹的工夫，和搓纸捻儿的艺术有着关系，那纸，必须裁得不宽不窄，搓时必须不紧不松。在这全部过程上，一个人可以发挥他的天才，并且从而表现他的个性和风格。有胡子的老伯伯，慢腾腾地掐着烟丝，团着揉着，用他的拇指轻轻按进杯子，而后迟迟地吹着纸捻，吸出舒和的声响：这就表现了一种神韵，淳厚、圆润、老拙，有点像刘石庵的书法。年轻美貌的婶子，拈起纸捻，微微掀开口，"甫得"，舌头轻轻探出牙齿，或是低头调整着纸捻的松紧，那手腕上的饰物颤动着：这风姿韵味自有一种秋纤柔媚之致，使你仿佛读到一章南唐词。风流儒雅的先生，漫不经意地装着烟丝，或是闲闲地顿着纸捻上灰烬，而两眼却看着别处：这飘逸淡远的境界，岂不是有些近乎倪云林的山水？

关于全套烟具的整顿，除非那吸烟的是个孤老，总不必自己劳力。这类事，普通都是婢妾之流的功课；寒素一点的人家，也是由儿女小辈操理。讲究的，烟袋里盛的是白糖水，吸出的烟就有甜隽之味；或者是甘草薄荷水，可以解热清胃；其次则盛以米汤，简陋的才用白开水。烟袋必须每日一洗刷，三五日一次大打整。我所知道的，擦烟袋是用"瓦灰"。取两片瓦，磨出灰粉，再过一次小纱筛，提取极细的细末——这可以把白铜烟袋擦得晶莹雪亮，像一面哈哈镜，照出扁脸阔嘴巴来，而不致擦损那上面的精致镂刻。此外，冬夏须有托套。夏天用劈得至精至细的竹丝或龙须草编成，以防手汗；冬天则用绸缎制的，或丝线织的，以免冰手。这种托套上面，都织着或绣着各种图案：福字、寿字、长命富贵、吉祥如意，以及龙凤、牡丹、卍字不断头之类。托上至颈头，还系着丝带、线绳，饰着田字结、蝴蝶结和缨络。这些都是家中女流的手工。密切关联的一件事，就是搓纸捻儿，不但有粗细、松紧之不同，在尾端作结时，也有种种的办法。不讲究的随手扭它一下，只要不散便算。考究的，叠得整齐利落，例如"公子帽"；或折得玲珑美观，比如"方胜"。在这尾结上，往往染上颜色，有喜庆的人家染红，居丧在孝的人家染蓝。这搓纸捻的表芯纸也有讲究。春三月间，庭园里的珠兰着花，每天早晨及时采集，匀整地铺在喷湿的薄绵纸里，一层层放到表芯纸里熨着，使香味浸透纸质。将这种表芯纸搓成纸捻儿，一经点燃，随着袅袅的青烟散发极其淳雅淡素的幽香，拂人鼻官，留在齿颊，弥漫而又飘忽，使你想见凌波仙子、空谷佳人。其次用玉兰、茉莉。若用桂花、栀子花，那就显得雅得有点俗气。所有这一切配备料理的工作，是简陋还是繁缛，村俗还是高雅，丑恶还是优美，寒碜还是华贵，粗劣还是工致，草率还是谨严，笨拙还是灵巧，等等，最可表现吸烟者的身份和一个人家的家风。贾母史太君若是吸水烟，拿出来的派头一定和刘姥姥的不同；天长杜府杜少卿老爷家的烟袋也一定和南京鲍廷玺家的不同，这不须说的。一位老先生，手里托着一把整洁美致的烟袋，就说明他的婢仆不怠惰，他的儿女媳妇勤慎、聪明、孝顺，他是个有家教、有福气的人。又如到人家做客，递来一把烟袋，杯子里烟垢滞塞，托把上烟末狼藉，这总是败落的门户；一个人家拖出一个纸捻，粗壮如手指，松散如王妈妈的裹脚布，这往往是懒惰、不爱好、没教养、混日子的人家。

吸水烟，显然地，是一种闲中之趣，是一种闲逸生活的消遣与享受。它的真正效用，并不在于吸出烟来过瘾。终天辛苦的劳动者们忙里偷闲，急着抢着，脸红脖子粗地狼吞虎咽儿口，匆匆丢开，这总是为过瘾。但这用的必是毛竹旱烟杆。水烟的妙用决不在此。比如上面说的那位老先生，他只需把他的那把洁净美观的烟袋托在手里，他就具体地显现了他的福气，因此他可以成天地拿着烟袋，而未必吸一二口烟，纸捻烧完一根，他叫他的小孩儿再为他点一根，趁这时候，他可以摸一摸这孩儿的头，拍拍孩儿的小下巴。在这当中，他享受到的该多么丰富、多么深厚！又比如一位有身家的先生，当他擎着烟袋，大腿架着二腿，安静自在地坐着，慢条斯理地装着烟丝，从容舒徐地吸个一口半口，这也就把他的闲逸之乐着上了颜色，使他格外鲜明地意识到生之欢喜。

一个人要不是性情孤僻，或者有奇特的洁癖，他的烟袋总不会由他个人独用。哥哥和老弟对坐谈着家常，一把水烟袋递过来又递过去，他们的手足之情即因而愈见得深切。妯娌们避着公婆的眼，两三个人躲在一起大胆偷吸几袋，就仿佛同过患难，平日心中纵然有些芥蒂，也可化除得干干净净。亲戚朋友们聚谈，这个吸完，好好地再装一袋，而后谨慎地抹一抹嘴头，恭恭敬敬地递给另一人，这人客气地站起来，含笑接到手里。这样，一把烟袋从这个手递到那个手，从这个嘴传到那个嘴，于是益发显得大家庄敬而有礼貌，彼此的心益发密切无间，谈话的空气益发亲热和融和。同样地，在别种场合，比如商店伙计同事们当晚间收了店，大家聚集在后厅摆一会龙门阵，也必须有一把烟袋相与传递，才能使笑声格外响亮，兴致格外浓厚；

再如江湖旅客们投店歇夜，饭后洗了脚，带着三分酒意，大家团坐着，夏天摇着扇子，冬天围着几块炭火，也因店老板一把水烟袋，而使得陌生的人们谈锋活泼，渐渐地肺腑相见，俨然成了最相知的老朋友。当然，在这些传递着吸烟的人们之中，免不得有患疮疥、肺痨和花柳病的，在他们客气地用手或帕子抹一抹嘴头递过去时，那些手也许刚刚抠过脚丫、搔过癣疥，那帕子也许拭过汗、擤过鼻涕，但是全不相干，谁也不会介意这些的，你知道我们中国讲的原是精神文明。

洋派的抽烟卷儿有这些妙用，有这些趣味与情致吗？第一，它的制度过于简单了便，出不了什么花样。你最多到市上买个象牙烟嘴、自来取灯儿什么的，但这么么枯索而没有意味，你从那些上面体味不到一点别人对于你的关切与用心，以及一点人情的温暖。第二，你燃着一支短小的烟卷在手，任你多大天才，也没手脚可做，最巧的也不过耍点小聪明喷几个烟圈儿，试想比起托着水烟袋的那番韵味与风趣，何其幼稚可笑！第三，你只能独自个儿吸。要敬朋友烟，你只能打开烟盒，让他自己另取一支。若像某些中国人所做的，把一支烟吸过几口，又递给别人，或是从别人嘴上取过来，衔到自己嘴里，那叫旁人看着可真不顺眼。如此，你和朋友叙晤，你吸你的，他吸他的，彼此之间表示一种意思，是他嫌恶你，你也嫌恶他，显见出心的距离、精神的隔阂。你们纵是交谊很深，正谈着知心的话，也好像在接洽事物、交涉条件或谈判什么买卖，看来没有温厚亲贴的情感可言。

是的，精神文明、家长统治、家族本位制度、闲散的艺术化生活，是我们这个古老农业民族生活文化的特质。我们从吸水烟这件事上，已经看了出来。这和以西洋工业文化为背景的烟卷儿——它所表现的特性是物质文明、个人或社会本位制度、紧张的力讲效率的科学化生活——是全然不同的。

我不禁大大悲哀起来。因为我想到目前内在与外在的生活，已不能与吸水烟相协调。我自己必须劳动，唯劳动给我喜悦。可是，上讲堂、伏案写字、外出散步，固然不能托着水烟袋，即在读书看报时，我也定会感到很大的不便。而且，不幸我的脑子又不可抵拒地染上了一些西洋色彩，拿着水烟在手，我只意味到自己的丑、迂腐、老气横秋，我已不能领会、玩味出什么韵调和情致。至于同别人递传着烟袋，不生嫌恶之心，而享受或欣赏其中的温情与风趣，那我更办不到。再说，我有的只是个简单的小家庭，既没妾，也不能有婢。我的孩子平日在学校读书，我的女人除为平价米去办公而外，还得操作家事。他们不但不会，没空，并且无心为我整备烟具，即在我自己，也不可能从这上面意识到、感受到什么快乐幸福，像从前那些老爷太太们所能的。若叫我亲手来料理，我将不胜其忙而且烦。本是享乐的事，变成了苦役。那我倒宁愿把烟戒绝，不受这个罪！

客观形势已成过去，必要的条件也不再存在，而我还带着怀旧的欣喜之情，托着这把陋劣的、徒具形式的竹子烟袋吸着，我骤然发觉到：这简直是一个极大的讽嘲！我有点毛骨悚然，连忙丢开了烟袋。

"不行，不行，我不吸这个。"

"为什么？"

"为什么？因为，因为我要在世界上立足，我要活！"我乱七八糟地答。

"那是怎么讲，你？"她吃惊地望着我。

"总而言之，我还是得抽烟卷儿，而且不要磁器口的那等蹩脚货！"

一九四四年九月二十四日

（选自《时与潮文艺》，1944年11月第四卷第三期）

茶馆

黄　裳

　　四川的茶馆，实在是不平凡的地方。普通讲到茶馆，似乎并不觉得怎么稀奇，上海，苏州，北京的中山公园……就都有的。然而这些如果与四川的茶馆相比，总不免有小巫之感。而且茶客的流品也很有区别。坐在北平中山公园的大槐树下吃茶，总非雅人如钱玄同先生不可吧？我们很难想象短装的朋友坐在精致的藤椅子上品茗。苏州的茶馆呢，里边差不多全是手提鸟笼、头戴瓜皮小帽的茶客，在丰子恺先生的漫画中，就曾经出现过这种人物。总之，他们差不多全是有闲阶级，以茶馆为消闲遣日的所在的。四川则不然，在茶馆里可以找到社会上各色的人物。警察与挑夫同座，而隔壁则是西服革履的朋友。大学生借这里做自修室，生意人借这儿做交易所，真是其为用也，不亦大乎！

　　一路入蜀，在广元开始看见了茶馆，我在郊外等车，一个人泡了一碗茶坐在路边的茶座上，对面是一片远山，真是相看两不厌，令人有些悠然意远。后来入川愈深，茶馆也愈来愈多。到成都，可以说是登峰造极了。成都有那么多街，几乎每条街都有两三家茶楼，楼里的人总是满满的。大些的茶楼如春熙路上玉带桥边的几家，都可以坐上几百人。开水茶壶飞来飞去，总有几十把，热闹可想。这种宏大的规模，恐怕不是别的地方可比的。成都的茶楼除了规模的大而外，更还有别的可喜之处，这是与坐落的所在有关的。像薛涛井畔就有许多茶座，在参天的翠竹之下，夏天去坐一下，应当是不坏的吧。吟诗楼上也有临江的茶座，只可惜楼前的江水，颇不深广，那一棵树也瘦小得可怜，对岸更是些黑色的房子，大概是工厂之类，看了令人起一种局促之感，在这一点上，不及豁蒙楼远矣。然而毕竟地方是好的。如果稍稍运用一点怀古的联想，也就颇有意思了。

武侯祠里也有好几处茶座。一进门的森森古柏下面有，进去套院的流水池边的水阁上也有。这些地方还兼营菜饭，品茗之余，又可小酌，实在也是值得流连的地方。

成都城里的少城公园的一家茶座，以用薛涛井水做号召，说是如果有人尝出并非薛涛井水者当奖洋若干元云。这件事可以看出成都人的风雅，真有如那一句话，有些雅得俗起来了。其实薛涛井水以造笺有名，不听见说可以煮得好茶。从这里就又可以悟出中国的世情，只要有名，便无论什么都变成了好的。

只要看街上的匾额，并不都是名书家所题，就可以得知此中消息了。

大些的茶楼总还有着清唱或说书，使茶客在品茗之余可以消遣。不过这些地方，我都不曾光顾过。另有一种更为原始的茶馆附属品，则是"讲格言"。这次经过剑阁时，在那一条山间狭狭的古道中的古老的茶楼里看见一个人在讲演，茶客也并不去注意地听。后来知道这算是慈善事业的一种，由当地的善士出钱雇来讲给一班人听，以正风俗的。

这风俗恐怕只在深山僻壤还有留存，繁华的地方大抵是没有了的。那昏昏的灯火、茶客黯黑的脸色、无神的眼睛、讲者迟钝的声音，与那古老的瓦屋、飞出飞入的蝙蝠所酿成的一种古味，使我至今未能忘记。

随着驿运的发达、公路的增修，在某些山崖水角，宜于给旅人休息一下、打打尖的地方，都造起了新的茶馆。在过了剑阁不久，我们停在一个地方吃茶，同座的有司机等几个人。那个老板娘，胖胖的，一脸福相，穿得齐齐整整，坐下来和我们攀谈起来。一开头，就关照灶上，说茶钱不用收了。这使我们扰了她一碗茶。后来慢慢地谈到我们的车子是烧酒精的，现在酒精多少钱一加仑，和从此到梓潼还得翻几个大山坡，需要再添燃料了。最后就说到她还藏有几桶酒精，很愿意让给我们，价钱决不会比市价高。司机回复说燃料在后面的车子里还有，暂时等一下再说。那位老板娘见话头不对就转过去指着她新起的房子，还在涂泥上灰的，给我们看了。她很得意地说着地基买得便宜，连工料一起不过用了五万元，而现在就要值到十万元左右了。

到重庆后，定居在扬子江滨，地方荒僻得很，住的地方左近有一家茶馆，榜曰"凤凰楼"，这就颇使我喜欢。这家"凤凰楼"只有一大间用木头搭成的楼，旁边还分出一部分来，算是药房，出卖草药，和一些八卦丹、万金油之类的"洋药"。因为无处可去，我们整天一大半消磨在那里，就算是我们工作的地方，所以对于里边的情形相当熟悉。老板弟兄三人。除老板管理茶馆事务外，老二是郎中，专管给求医者开方，老三则司取药之责，所以这一家人也很可以代表四川茶馆的另一种形式。

我很喜欢这茶馆，无事时泡一杯"菊花"，坐上一两个钟头，再要点糖渍核桃仁来嚼嚼，也颇有意思。里边还有一个套阁，小小的，卷起竹帘就可以远望对江的风物，看那长江真像一条带子。尤其是在烟雨迷离的时候，白雾横江，远山也都看不清楚了。雾鬓云鬟，使我想起了古时候的美人。有时深夜我们还在那里，夜风吹来，使如豆的灯光摇摇不定。这时"幺师"（茶房）就轻轻地吹起了箫，声音极低，有几次使我弄不清楚这声音起自何方，后来才发现了坐在灶后面的幺师，像幽灵一样地玩弄着短短的箫，那悲哀的声音，就从那里飘起来。

有时朋友们也在凤凰楼里打打 Bridge①，我不会这个，只是看看罢了。不过近来楼里贴起了"敬告来宾，严禁娱乐，如有违反，与主无涉"的告白以后，就没有人再去"娱乐"了，都改为"摆龙门阵"。这座茶楼虽小，可实在是并不寂寞的。

（选自《过去的足迹》，人民文学出版社，1984年版）

---

①　桥牌。

止酒篇

宋云彬

　　如所周知（我开头就用这样时髦的文句，其目的在使这篇成为"人民的杂文"即"通俗的杂文"，但受封建文艺之毒已深，写来无非是"迂回曲折隐晦调子"，这也是无可奈何之事，且不去管它，写下去再说），陶渊明先生是喜欢喝酒的。他写诗常常用"酒"字做题目，像《饮酒》《述酒》《止酒》。就题目而论，"饮酒"平淡无奇，"述酒"隐晦而且费解，只有"止酒"最富有诗意，而且非常"通俗"——止者，停止也，这意思到今天大家还一目了然，不至于看不懂。他不说"戒酒"而说"止酒"，是大有深意存焉的。一个人如果喝酒喝到非"戒"不可的程度，那他早已违反了喝酒的本意，酒对于他变成戕贼身体的毒药了。渊明先生喝的是糯米酒，甜咪咪的，所含酒精成分不多，不会慢性中毒，原不需要"戒"。大概他觉得一天到晚醉醺醺，没有多大意思，而且"家贫，不能常得（酒）"，虽然"亲旧知其如此，或置酒而招之"，但不见得天天有人请客，加以一到热天，他的脚气病就发作，溃烂到不能走路，要门生抬来抬去，非常不方便，这样，他就不得不"止酒"了。渊明先生的作风是坦白、真率和自然的，他不会有什么做作的。

我也是喜欢喝酒的——且慢，这句话说来颇为肉麻，多像我在自比陶渊明，说不定会引起读者的反感，先得声明几句才好。

不知为什么，我从小就爱喝酒。据说在十岁那一年，吃年夜饭，我背着母亲偷喝了几杯酒，喝得酩酊大醉。那时候我还没有知道陶渊明，连陶渊明三个字也许还没有完全认识，因为在《百家姓》里可以认识"陶"字，在"大学之道，在明明德"里可以认识"明"字，而"渊"字就不见得一定认识了。所以我的会喝酒、爱喝酒，也许是出于天性或遗传（我的父母都是爱喝酒的），决非为了表示风雅，或高攀古人。

我的喝酒，也决不是什么借酒浇愁。我也经过所谓的青年烦闷时代，但没有企图用酒来解决烦闷。我也不曾有过厌世或悲观等等，而企图借喝酒来做慢性自杀——本来单靠喝酒做慢性自杀是不大有效的，所以信陵君要自杀，必须在"醇酒"之外再加上"妇人"。总之，我的喝酒，完全是一种爱好，并无其他目的。

我发现了酒的好处。我觉得人的真性情最不易流露，人与人之间总免不了有一套虚伪（这当然跟社会制度有关，这里且不详述）。但只要三杯酒落肚——文言之，则曰"酒酣以往"，就什么话都会说出来，什么事都会做出来，无有恐怖，无所顾忌，人的真性情，只有在这样的境界中才会流露。鲁迅说："世上如果还有真要活下去的人们，就先该敢说，敢笑，敢哭，敢怒，敢骂，敢打……"然而像这样的人，恐怕只有喝酒的朋友中间最容易找到。陶渊明一生亮节慷慨，率性而行，我想大部分是得力于喝酒的。

但我也发现了酒的坏处。"国医"曰：酒能活血。"西医"反对"国医"的说法，则曰：酒能伤肺。"国医"的话固然模糊了影响，"西医"的话也没有说中酒的真正坏处。佛教徒把饮酒列为五戒之一，以其能乱性也。这种禁欲主义我根本不赞成，而且把乱性归罪于酒，也不大公平。但是，酒的坏处是有的，并且很多。首先我觉得靠酒来谈交道，笼络朋友，不仅靠不住，而且流弊很大。在这个斗争十分尖锐的社会里，敌友之分，是应该搞清楚的。如果仗三杯老酒的刺激，忽然引敌人为知己，披肝沥胆，无话不谈，那其结果将是不堪设想的。尤其是搞政治的朋友，有保留多少秘密的必要，在特务多如臭虫的今天，如果酒酣以往，大笑大哭大骂之后，拉了一个特务来倾吐一番真情，那还了得！——一喝酒成千古恨，他自己"再回头已百年身"还是小事，革命大业也许会因此而受到阻碍。在陶渊明时代，还可以说"但恨多谬误，君当恕醉人"，现在的敌人，会因为你是喝醉了酒而宽恕你吗？我的朋友宣中华，在二十年前，正当浙江"清党"的前夜，他是省政府的重要负责人，有一天晚上风声很紧，他出席一个紧急会议，可是他已经喝多了酒，不能做缜密的思考，大概这个会也就开得不很圆满，过了十多年（那时候中华早已成仁，墓有宿草了），褚慧僧（辅成）先生同我谈起，还是慨叹地说："那晚中华为什么竟喝多了酒呢？"即此一例，可见喝酒是容易误大事的。而况仗酒力来壮胆气，也不过是一时的，酒性发作时，固然敢说、敢笑、敢哭、敢怒、敢骂、敢打，等到酒性一过，便垂头丧气，要说"但恨多谬误，君当恕醉人"了。正像《聊斋志异》里的马先生吃"丈夫再造丸"一样，药性一过，手脚都软了。

我喝酒喝了几十年，虽然没有误过大事（事实上"天"没有"降大任"于我，我也不曾担当过什么大事），小事确是常常误的。我的反对派（反对我喝酒）S君，说我一喝酒，说话渐多，伦次渐少，这当然也是事实。夫说话多而伦次少，虽多，亦奚以为？抑有甚焉者，平时讨厌我多说话（这说话包括写文章在内）的朋友们，有时要批评或反驳我，而找不到理由或无所借口，便说："酒糊涂，由他去吧。"或者说："君当恕醉人，何必和他断断争辩呢！"这在他们，是一种新的精神胜利法，而对我却是一种轻蔑、一种侮辱。这种轻蔑与侮辱，促起了我的反省。古语有之："人必自侮，而后人侮之。"这话说得对。人必自己先喝酒，然后人家以"酒糊涂"的雅号送上来也。

由此观之，酒是可喝而不可喝的。即就时代而论，现在也不是喝酒的时代。中国士大夫以饮酒著名的，首推晋朝的"竹林七贤"。竹林七贤的代表是阮籍。鲁迅说，阮籍的饮酒，"不独由于他的思想，大半倒在环境。其时司马氏已想篡位，而阮籍名声很大，所以他讲话就极难，只好多饮酒，少讲话，而且即使讲话讲错了，也可以借醉得到人的原谅。只要看有一次司马懿①求和阮籍结亲，而阮籍一醉就是两个月，没有提出的机会，就可以知道了"。现在和阮籍时代是不同了。现在的知识分子，正应该多讲话。如果沉湎于酒，借饮酒来逃避现实，纵非反动，也不免于落伍。就我个人而论，虽不敢妄自夸大，以为应该多讲话、少喝酒，但也未敢自暴自弃，甘心做一个"酒糊涂"。而况我没有觉得"去日苦多"，而非"对酒当歌"不可；也没有悲观消极到想自杀，而有叫人荷着锄头跟在后面，以便"死便埋我"的必要；更没有显贵要来和我结亲，而非一醉两月不可。我虽喝了多年的酒，生理上并未因慢性中毒而起什么变化，停止饮酒，也不至于像渊明先生那样的"暮止不安寝，晨止不能起"。那么，我为什么不趁这时候实行止酒，给那些背

---

① 应为司马昭。——编者注

后叫我"酒糊涂"的朋友们一个大大的"没趣"呢?

因此,我实行止酒了。不过,我还要声明:止酒与戒酒有别,戒必戒绝,止则停止每天的例酒而已。如果偶然逢到可以喝几杯的场合,我还是要喝几杯的。

一九四八年五月九日,日有食之,既,于香港。

(选自《宋云彬杂文集》,生活·读书·新知三联书店,

1985年版)

吃粥有感

孙　犁

　　我好喝棒子面粥，几乎长年不断，晚上多煮一些，第二天早晨，还可以吃一顿。秋后，如果再加些菜叶、红薯、胡萝卜什么的，就更好吃了。冬天坐在暖炕上，两手捧碗，缩脖而啜之，确实像郑板桥说的，是人生一大享受。

　　有人向我介绍，胡萝卜营养价值很高，它所含的维生素，较之名贵的人参，只差一种，而它却比人参多一种胡萝卜素。我想，如果不是人们一向把它当成菜蔬食用，而是炮制成为药物，加以装潢，其功效一定可以与人参旗鼓相当。

　　是一九四二年的冬天吧，日寇又对晋察冀边区进行"扫荡"，我们照例是化整为零，和敌人周旋。我记得我和诗人曼晴是一个小组，一同活动。曼晴的诗朴素自然，我曾写短文介绍过。他的为人，和他那诗一样，另外多一种对人诚实的热情。那时以热情著称的青年诗人很有几个，陈布洛是最突出的一个——很久见不到他的名字了。

我和曼晴都在边区文协工作，出来打游击，每人只发两枚手榴弹。我们的武器就是笔，和手榴弹一同挂在腰上的，还有一瓶蓝墨水。我们都负有给报社写战斗通讯的任务。我们也算老游击战士了，两个人合计了一下，先转到敌人的外围去吧。

天气已经很冷了。山路冻冰，很滑。树上压着厚霜，屋檐上挂着冰柱，山泉、小溪都冻结了。好在我们已经发了棉衣，穿在身上了。

一路上，老乡也都转移了。第一夜，我们两个宿在一处背静山坳栏羊的圈里，背靠着破木栅板，并身坐在羊粪上，只能避避夜来寒风，实在睡不着觉的。后来，曼晴就用《羊圈》这个题目，写了一首诗。我知道，就当寒风刺骨、几乎是露宿的情况下，曼晴也没有停止他对诗的构思。

第二天晚上，我们游击到了一个高山坡上的小村庄，村里也没人，门子都开着。我们摸到一家炕上，虽说没有饭吃，却好好睡了一夜。

清早，我刚刚脱下用破军装改制成的裤衩，想捉捉里面的群虱，敌人的飞机就来了。小村庄下面是一条大山沟，河滩里横倒竖卧都是大顽石，我们跑下山，隐蔽在大石下面。飞机沿着山沟上空，来回轰炸。欺侮我们没有高射武器，它飞得那样低，好像擦着小村庄的屋顶和树木。事后传说，敌人从飞机的窗口，抓走了坐在炕上的一个小女孩。我把这一情节，写进一篇题为《冬天，战斗的外围》的通讯，编辑刻舟求剑，给我改得啼笑皆非。

飞机走了以后，太阳已经很高。我在河滩上捉完裤衩里的虱子，肚子已经辘辘地叫了。

两个人勉强爬上山坡，发现了一小片胡萝卜地，因为战事，还没有收获。地已经冻了，我和曼晴用木棍掘取了几个胡萝卜，用手擦擦泥土，蹲在山坡上，大嚼起来。事隔四十年，这香美甜脆，好像还遗留在唇齿之间。

今晚喝着胡萝卜棒子面粥，忽然想到此事，即兴写出，想寄给自从一九六六年以来，就没有见过面的曼晴。听说他这些年是很吃了一些苦头的。

一九七八年十二月二十日夜

（选自《孙犁散文选》，人民文学出版社，1984年版）

十载茶龄

邵燕祥

我于喝茶很是外行，不懂得品高低、咂滋味。佩服南方人用小盅品工夫茶的情趣，却自愧不能。冬天没有"寒夜客来茶当酒"的那份情趣，到了三伏天，暑热中更常常做"牛饮"，只有街头喝"大碗茶"的水平。这两年来往的颇有些斯文中人，有时不免表示惊异。

说穿了毫不奇怪。

吃喝两字，喝自然指的是酒。我偶尔沾唇，没有酒量，也没有酒瘾。老北京也讲究喝茶，可我喝茶才不过十年光景。

我小时候时常积食，直到上了小学，每到星期天一早起床，父母就先让我喝一碗"泻叶"。泻叶的疗效大约还是不错的，缓泻通便，清热去火，然而其味苦涩。后来见到苦茶，就想到泻叶，渴不思茶，是有来由的。

"少年十五二十时"，步入社会，那时对"上午皮包水（品茶），下午水包皮（洗澡）的有闲生活方式自然嗤之以鼻。随后还没来得及学习风雅，就不知怎么一头栽进泥淖。背一肩行李去接受"改造"，所带茶缸子云云，只是刷牙漱口以至舀饭盛汤之具，并不真的用以喝茶。

麦收时节，赤日炎炎，埋头挥汗，懂得了什么是汗如雨下的同时，也懂得了什么叫嗓子眼冒烟。形势所迫，就伏身附近的死水坑边，用手拨开凝聚漂浮的污物，一闭眼，咕咚咕咚把那水喝下肚里去。地在沧县姜庄子，六三年大水后沧桑变化，那死水坑自亦不存。

还有连死水坑都没有的连片大田，渴得难耐时，就想起冰棍、冰激凌、奶酪之类，倒并不曾想到热茶。但是旋即反省：这是因为"享受"过冰棍、冰激凌、奶酪，才在这错误的时间、错误的地方做此错误的非非之想。如果从未啜食过冷饮，岂不"心静自然凉"了吗？

这种"不见可欲"、寡欲以清心的思想，长期支配我，成为适应物质和精神双重匮乏的良方。那时宣传节约粮食，有一联对句："常将有日思无日，莫待无时思有时。"我就常常准备着陷入更艰难的处境。中国之大，什么地方我辈不可能去？若是到了那个去处，你需求的恰恰没有，或是禁制、限量，岂不徒增苦恼？因此不但嗜好绝不可有，生活必需也要尽量偏低才好。

我无师自通的这点处世哲学，到了一九六六年得到一次验证。那是八月下旬进入名为"政训队"的"全托"宿舍，相隔一床就是侯宝林先生，他保持着多年的生活习惯，除了抽点好烟外，还手持用惯的茶杯（也许是保温杯吧），泡上一杯——自然是好茶。这可招来了"阶级斗争的弦"绷得格外紧的一位年轻"监督员"的斥骂。很难说我幸灾乐祸，因为兔死狐悲，惊魂尚且未定，但是想到我既无烟茶之嗜，也就没有戒绝或降格或可望而不可即之苦，灵魂深处还是有一点自以为得计的。

直到一九七五年冬，也就是距今十年前，生了一场重感冒。感谢医生不见外，说你无非是内热外感，内火太盛，平时经常喝点茶就好了。惭愧得很，人家风雅人是以茶当酒，世俗如我者却是以茶代药，这样开始每天喝起茶来的。在我们这里不管怎么说还是论年资的，于是我屈指也有了十载"茶龄"。平心而论，从去火的角度看，喝这十年茶当是不无功效的；而从品茗的角度看，由于向不钻研、不用心，旁不及采时人的经验，上不通于中古以来的经典，在"茶籍"上还属一名白丁。

嗜好多是由年轻时养成的，年过半百，想再培养也难了。但愿今后人们无论老少，都不必在像喝茶之类的问题上瞻前顾后，做"最坏"条件的思想准备。

喝茶十年了，谨以此向今后一切饮茶者祝福。

一九八五年十二月十三日

（选自1986年3月4日《天津日报》）

陕西小吃小识录

贾平凹

· 序

世说，"南方人细致，北方人粗糙"，而西北人粗之更甚。言语滞重，字多去声，膳馔保持食物原色，轻糖重盐，故男人少白脸，女人无细腰。此水土造化的缘故啊。今陕西省域，北有黄土高原，中是渭河平原，南为秦岭山地，纵观诸佳肴名点，大体以历代宫廷、官邸和民间的菜点为主，辅以隐士、少数民族、市肆菜点演变组合而成，是北国统一风格而又有别存异。我出身乡下，后玩墨弄笔落入文道，自然不可能出入豪华席面，品尝高级膳食饮馔，幸喜的是近年来遍走区县，所到各地，最惹人兴致的，一则是收采民歌，二便是觅食小吃。民歌受用于耳，小吃受用于口，二者得之，山川走势、流水脉络更了然明白，地方风味、人情世俗更体察入微。于是，闲暇之间，施雕虫小技，录小识，意在替陕西小吃做不付广告费的广告，以白天下，亦为自己"望梅止渴"，重温享受，泛涎水于口，逗引又一番滋味再上心头是了。

· 羊肉泡

骨，羊骨，全羊骨，置清水锅里大火炖煮，两时后起浮沫，撇之遗净。放旧调料袋提味，下肉块，换新调料袋加味。以肉板压实加盖。后，武火烧溢，嘭嘭作响，再后，文火炖之，人可熄灯入睡。一觉醒来，满屋醇香，起看肉烂汤浓，其色如奶。此羊肉制法。

十分之九面粉，十分之一酵面。掺和，搓匀，揉到。做馍坯二两一个，若饦饦状，饦边起棱。下鏊烘烤，可悠悠温酒，酒未热，则开鏊，取之平放于手心，在上搔搔，手心则感应发痒，此馍饼制法。

食客出钱并非饭来张口，净手掰馍，碎如蜂臄（sá，头的别名）。一是体验手工艺之趣，二是会朋友、谈艺文、叙家常、拉生意，馍掰如何，大、小、粗、细，足可见食者性情。烹饪师按其馍形，分口汤、干泡、水围城、单走诸法烹制，且以馍定汤，以汤调料，武火急煮，适时装碗。烹饪十年，身在操作室，便知每一进餐人音容笑貌，妙绝比柳庄麻衣相师有过之而无不及。

西安五味巷有一翁，高寿七十。二十年前起，每日来餐一次，馍掰碎后等候烹饪，又买三馍掰碎，食过一碗，将掰碎的馍带回。明日，将碎馍烹饪，又买新馍掰。如此反复，不曾中断。临终，死于掰馍时，家人将碎馍放头侧入棺。

· 葫芦头

同于羊肉泡，异于羊肉泡，同者均为掰馍，异者一为羊肉，一为猪肉，猪肉又仅限于肠子。

史料载，孙思邈在长安一家专卖猪肠的小店吃"杂碎"，觉肠子腥味大，油腻多，问及店家，知制作不得法。遂告之窍道，留药葫芦于店家调味。从此，"杂碎"一改旧味，香气四溢，顾客盈门。店家感激孙思邈，特将药葫芦高悬门首，渐渐以葫芦头取其名。

葫芦头有三道制作工艺，处理肠、熬汤、渍（pào）饳。肠过十二次手续：掊，捋，刮，翻，摘，回，再掊，漂，再捋，又再捋，煮，晾，污腥油腻尽脱。熬汤必原骨砸碎，出骨油，汤水乳白，下肥母鸡一只，大料、花椒、八角、上元桂，大火小火汤浓而止。渍时将肠切"坡刀形"，五片六片即可，排列在掰好的馍块上，滚汤浇三四次，加熟猪油、味精、调料水。

南方人初见葫芦头，皆大骇，以为胃不可克，勉强食之，顿觉鲜香，遂大嚼不要命。有广东人在羊城仿法炮制，味则不及。

乡俗：身弱气柔之人宜多食之，日久健壮。这恐怕是和药王孙思邈有关吧。

· 岐山面

岐山是一个县，盛产麦，善吃面条。有九字令：韧柔光，酸辣汪，煎稀香。韧柔光是指面条之质，酸辣汪是指调料之质，煎稀香是指汤水之质。

岐山面看似容易，而达到真味却非一般人所能，市面上多有挂假招牌的，欲辨其真伪，一观臊子燣法和面条擀法便知。

臊子，猪肉，必带皮切块，碎而不粥。起锅加油烧热，投之，下姜末、调料面煸炒。待水分干后，将醋顺锅烹入，冲冒白烟。以后酱油杀之，加水，煮。肉皮能掐时，放盐，文火至肉烂舀出。擀面，碱合水，水合面，揉搓成絮成团，盘起回性。后再揉，后再搓，反复不已。尔后擀薄如纸，细切如线，滚水下锅莲花般转，捞到碗里一窝丝，浇臊子，只吃面而不喝汤。

在岐山，以能擀长面者为女人本事，否则视之为耻。娶媳妇的第二天上午，专门有一个擀面的隆重仪式：客人上席后，新媳妇亲自上案擀面，以显能耐。故女儿七岁起，娘便授其技艺，搭凳子在案前使擀杖。

· 醪糟

醪糟重在做醅。江米泡入净水缸内，水量以淹没米为度，夏泡八时，冬泡十二时。米心泡软，水控干，笼蒸半时，以凉水反复冲浇，温度降至三度以下，控水，散置案上拌糯粉，装入缸内，上面拍平，用木棍在中间由上到底戳一个直径约半寸的洞。后盖草垫，围草圈，三天三夜后醅即成。

卖主多老翁，有特制小灶，特制铜锅。拉动风箱，卜卜作响，一头灰屑，声声叫卖。来客在灶前的细而长的条凳上坐了，说声："一碗醪糟，一颗蛋。"卖主便长声重复："一碗醪糟，一颗蛋——！"铜锅里添碗清水，放了糖精，三下两下烧开，呼地在锅沿敲碎一颗鸡蛋打入锅中，放适量的醪糟醅，再烧开，漂浮沫，加黄桂，迅速起锅倒入碗中。

要问特点？酸甜味醇，可止渴，健胃，活血。

· 柿子糊塌

吃在临潼。

临潼有火晶柿，红如火，亮如晶，肉质细密，且无硬核。吃一想二，饱一人思全家。但季节有限，又不易带，柿子糊塌遂应运而生。

将软柿去皮摘蒂，放面盆中捣搅成糊，加入面粉，即为柿子面糊。

用铁片做手提，外凹、中凸、边高二公分。

手铲将面糊摊入手提，一起入油锅，炸。面糊熟至五成，脱手提漂浮，翻过，炸。如此数次，两面火色均匀，便可食之。

但买者多有不忍吃的，颜色太金黄可爱，吃在口，又不忍细咬，半囫囵下肚，结果有烧了心的。

临潼人炸的糊塌味最佳，油锅前常围满人，便有一光棍只看不买，张大口鼻吸味，竟肥头大耳。

· **粉鱼**

名曰鱼，其实并不似鱼，酷如蝌蚪。外地人多不知做法，秦人有戏谑者夸口为手工——捏制，遂使外人叹为观止。

秦人老少皆能做，依凉水加白矾将豆粉搓成硬团，后以凉水和成粉糊，使其有韧性。锅水开沸，粉糊徐徐倒入，搅，粉糊熟透，压火，以木勺着底再搅，锅离火，取漏勺，盛之下漏凉水盆内。"鱼"，则生动也。

漏勺先为葫芦瓢做，火筷烙漏眼；后为瓦制；现多为铝制品。

漏鱼可凉吃，滑、软，进口待咬时却顺喉而下，有活吞之美感。易饱，亦易饥。暑天有楞小子坐下吃两碗，打嗝松裤带，吸一支烟，站起来又能吃两碗，遂暑热尽去，腋下津津生风。

冬吃则讲究炒粉，平底锅烧热，淋少许清油，将葱花稍炒后，倒粉鱼炒，加糖色、调料，以瓷碗捂住，一两分钟后，色黄香喷即成。卖主见妇人牵小孩路过，大声吆喝，小孩便受诱不走，妇人多边喂小孩，边斥责小孩嘴馋，却总要喂小孩两勺，便倒一勺入自己口中。

· 腊汁肉

并不是腊肉，腊肉盐腌，它则是汤煮。汤，陈汤，一年两年，三代人四代人，年代愈久，味愈醇，色愈佳。煮，肉入汤锅，肉皮朝上，加绍酒、食盐、冰糖、葱段、姜块、大茴、桂皮、草果，大火烧开，小火转焖，水开圆却不翻浪。

食腊汁肉单吃可，下酒佐饭亦可，然真正欲领略其风味，最好配刚出炉的热白吉馍夹着吃，这便是所谓"肉夹馍"。是馍夹了肉，偏称肉夹了馍，买主为了强调肉美，也便顾不得语言的规范了，奇怪的是这个明显错误的名称全体食用者皆承认，可见肉美的威力了。

现在的城镇人最不喜欢吃肥肉，肉食店里终日在走后门、拉关系、站长队、争买瘦肉，但此肉肥而不腻，瘦则无渣，深为食者所好，故近年来城镇经营者甚多，大街小巷随处可见店铺。

有上海女子来西安，束腰节食，要苗条不要命，在一家店铺前踌躇半晌，馋涎欲滴却不敢吃。店主明白，大口咬嚼，满嘴流油，说："我家经营腊汁肉三代，我每日吃六个肉夹馍，吃过五十年，你瞧我胖不堆肉，瘦不露骨。"女子连走了八十家店铺，见卖主个个干练，相信人的广告准确，遂大开牙戒。

· 壶壶油茶

深夜，城镇小巷有一点灯的，缓缓而来，那便是卖壶壶油茶的。卖者多老翁，冬戴一顶毡帽，夏裤带上别一把蒲扇，高声吆喝，响遏行云。

所谓油茶，即面粉、调料面加凉水搅成稠糊，徐徐溜入开水锅中搅拌，匀而没有疙瘩，再加入杏仁、芝麻、籼米，微火边烧边搅。再加入酱油、盐面、胡椒粉、味精，微火边烧边搅。完全要用搅功，搅得颜色发黄，油茶发稠，表面有裂纹痕迹才止。

所谓壶壶，即偌大的有提手有长嘴的水壶，为了保温，用棉套包裹，如壶穿衣。尤在冬日，其臃臃肿肿，放在那里，老翁是立着的壶，壶是蹲着的老翁。

夜里有看戏的、跳舞的、幽会的，壶壶油茶就成为最佳消夜食品。只是老翁高喊："热油茶！烫嘴的油茶！"倒在碗里却已冰凉。

· 跋

古人讲：君子谋道，小人谋食。在《陕西小吃小识录》的写作中，我几次为我的举动可笑了，却又一想，未必，吃是人人少不了的，且一天最少三顿，若谋道不予食吃，孔圣人也是会行窃的，这似乎就如封建年代里苏东坡所说的，为官并不就是耻事，不为官并不就是高洁一样。更有一层，依我小子之见，吃也是一种艺术。中国的饭菜注重色、形、味，这不是同中国画有一样的功能吗？当物质的一番滋味泛在口中，而精神的一番滋味泛在心头，这又是多么于人生有实益的事情啊！

陕西这块浑厚的黄土，因地域不同、民族不同、物产不同、气候不同，构成了它丰富奇特的习尚风俗，而各地的小吃正是这种习尚风俗的一种体现。由此，当我在做陕西历史的、经济的、文化的考察时，小吃就不能不引起我的兴趣了。十分庆幸的是，兴趣的逗引，拿笔做录，不期而然地使我更了解了我们陕西，了解了我们陕西的人的秉性，也于我的创作实在是有了匪浅的受用呢。

需要声明的是，《陕西小吃小识录》陆续在《西安晚报》刊出后，外地很有些读者食欲受刺激，来信要来陕西，一定要逐个去吃吃品品，而一些烹饪学会一类的专门组织又邀我去做顾问，真以为我是能做善吃的角色。这便大错了。老实说，我是什么饭菜也不会做的，于吃又极不讲究，只是我请教了许多小吃师傅，用文字记录下来罢了。而这种记录，又只能是陕西小吃的十分之一还要少，又都是我个人自觉得好吃好喝的。这实在是一件遗憾的事。

所以，当我这个专栏结束之后，真希望每一个小吃师傅动手做了，别忘了来写，每一个食客动口吃了，亦别忘了来录。这么扩而大之，广而久之，使天下人都能吃在陕西，写在陕西，艺术享受在陕西，爱在陕西。

（选自《平凹游记选》，陕西人民美术出版社，1986年版）

壶边天下

高晓声

我们常常在"吃饭"后面加上一个"难"字，在"喝酒"前面加上一个"学"字。

吃饭难，学喝酒。

难的吃饭不去学，却去学喝那不说它难的酒，真是胡诌。

奇怪的是，难吃的饭不学倒都会吃，而且吃得十分地精。一旦没有了粮食，那就连树皮草根、观音土、健康粉、瓜菜大杂烩都能当作饭来吃，几乎能集天下之大成而吃之。至于那不难喝的酒，原是经不起大家去学的，就像软面团经不起大家压一样，会压出多种形状来，学出各种结果来。一般来说，经过一段时间锻炼以后，多少总能喝几杯了，但多到什么程度，少到什么程度，杯子大到什么程度，小到什么程度，差别很大，而且层次很多，就像现在中国人的生活水平一样。还有两种人像两个极端，一种人总是学不会，功夫花得再深些也白搭，老是眼泪般一滴酒便脸红耳赤，只得直认蠢材不讳。另一种人根本就没学，一试便发现自己是海量，乃是天生的英才。我还发现老天爷偏心眼，竟把这一类才能全批给了女人，男人则难得，或是被别的气质掩盖了也说不定。女人则表现突出，她跟那些好汉们坐在一桌，悄然敛容，除菜肴外，滴酒不尝。好汉们原也不曾把她放在眼里，总以为弱女子不胜酒，任她自便。后来喝得高兴了，热闹了，偶尔发现她冷冷落落，满杯的酒还没有动过，就举杯邀她也喝一点。她呢，也许是出于礼貌，也许觉得不喝浪费掉可惜，只得略表谦逊，便含笑喝了那杯酒，却是一口、两口便喝光了。这可引起了大家的惊异。有人以为她没有喝过酒，错把它当开水喝了。而她竟脸不变色、心不跳。于是一致看出她有量。正在兴头上的好汉们便不再可怜她纤弱，反如盯住了猎物一般不肯放过，一只又一只手捉着酒杯，像打架般戳到她面前硬要干、干、干。她倒往往会打个招呼说："我喝酒是没啥意思的。"可惜别人没有听懂，误会为"喝酒没啥意思"，认为说这种败兴的话还该多罚一杯。其实她说的"没意思"，是因为她喝酒像喝白开水一样，没有什么反应。

只此一点误解，好汉们便大错铸成。他们同喝"白开水"的人较量开了，最后一个个如狗熊般趴下来，醉倒在石榴裙下。

我忘了自己是在什么时候养成喝慢酒的习惯的，大概总在感到生活太无聊，有太多的时间无可排遣时吧。到了这地步，我当然被磨平了棱角，使酒也不会任气了，因此心平气和地在酒桌一角看过不少好戏，还得出一条经验，常常告诫朋友们说："切勿和女士斗酒！"

"为什么？"

"女将上阵，必有'妖法'！"

在同行中，很有些人知道我这句"名言"。

同这样的女士喝酒会让人肃然起敬和索然无味，就像健美的女将让你欣赏她浑身钢铁般的肌肉一样。

所以我倒是喜欢和普通的（即酒精对她同我一样能起作用）女士在一起喝。她们喝了点酒，会像花朵刚被水喷浇过那般新鲜，甚至像昙花开放时一忽儿一副样子。千姿百态中包孕了一整个世界。

"酒是色媒人"，这句话的解释因人而异。事实上，世界上绝大多数的人，几杯酒下肚以后，并不就会去干那西门庆和潘金莲的勾当。倒是女士们因酒的媒介而呈现出来美丽（常常是无与伦比的艺术创造），这才合那句话的本意。

记得有一次在某地做客，主人夫妇俩来后，我们能喝点儿的一桌相陪。主人先告罪，他不能喝。这就点明是女将出台了。我就静观大家交替同她碰杯。她年轻，亦显得有豪气。我起初以为酒精对她不起作用，看了一阵之后，发觉她并不是喝的"白开水"。她的脸越来越红润姣艳了，眉眼变得水灵又花俏……我看她正到好处，再喝就把美破坏了，正想劝阻，恰是心有灵犀一点通，桌面上已是静了下来，大家文雅地坐着，对女主人微微笑。真是满座无恶客，和谐极了。女主人也马上感到了大家的善意，快活得一脸的光彩，把灯光都盖过了。

我总说，美是一种创造，而酒能帮助我们创造美。

爱美是人的天性，因此美总受到称赞、尊重和保护。当然也有"莫待无花空折枝"的恶少，那同酒并没有什么关系。

老天爷没有把饮酒的天才赋给我，因为我是一个男的。

那么我是什么时候开始学喝酒的呢？

如果把酒作为触媒剂联系自己的过去，那会引发出许多五光十色的回忆。我想这不光是我，许许多多的人都是这样。酒如水银泻地，在生活中无孔不入。它岂止是"色媒人"，甚至是"一切的媒人"呢。

我学喝酒比别人还难一些，我是偷着学的。按老辈的看法，偷着学比冠冕堂皇学效果好得多，说明学习的人有很迫切的上进心，就像饿慌了的人迫切要找点食物填肚皮一样，所以总说偷来的拳头最厉害。可见偷了酒学喝，定然成就超群。

那时候我还是个火头军，母亲做菜时，就派我去灶下烧火。灶角上坐着一把锡酒壶，盛的是老黄酒。烧荤腥时，用它做料。每次只用掉一点儿，所以那壶里经常剩得有许多酒。我烧火的时候只要一伸手就能拿到。假使我喝红了脸，完全可以说是被灶火烤红的，我何乐而不品尝这"禁果"？不久我母亲就怀疑壶漏了，后来才发现是漏进我嘴里去了。她就骂我："好的不学，专拣坏的学，一点点（北方话叫一丁点儿）的人倒喝酒了！"

骂过以后，我就不怕了，因为她没有打我。喝酒毕竟是极普通的事，我们这儿，秋收以后，十有九家都做几斗糯米的酒，里边不知出了多少酒鬼，天也没有塌下来。小孩子早点学会了，未见得不算出息。不过我家因父亲在外地做事，平常无人喝酒，是九家以外的一家。料酒也难得用到，锅子里不是能常烧荤腥的，所以靠那壶也培养不出英才来。我叔父家年年做酒，那只酒缸很大，就放在我们两家的公厅墙角里。叔叔每年做五斗米酒，半缸都不到。往年我只对做酒的那天有兴趣，因为糯米蒸饭很好吃，如今就对那酒缸有兴趣了。可是舀一碗酒也不容易，我脚下得垫一张板凳，用力掀开沉重的缸盖，把上半个身子都伸到缸里去才舀得到。有一次我这样做的时候，被叔叔碰到，他连连喊着"哎呀，哎呀，哎呀……"一把将我按在缸沿上，掀开缸盖拉我出来。我以为他要打我了。谁知他倒吓白了脸，半响才回过气来说："小爷爷，你要酒，叫叔叔舀就是了。你怎么够得到！跌进酒缸去没人看见，淹死了，怎得了！"

难道我还那么小？叔叔总有点夸张吧！

不过那时候我实在并不懂得酒。现在回想起来，酒给我那些乡亲们的影响真够惊心动魄。他们水里来、雨里去，穿着湿透了的衣衫在田里甚至河里熬得嘴唇发紫、脸雪白，好容易熬到回家，进了门高喊一声"酒！"，便心也暖了，气也顺了。

有些事我至今都不能理解，一位年富力强的乡亲，虽是农民，却有点文化，若论家中情况，也是"十亩三间，天下难拣"，平时好酒，亦有雅量。可是有一天中午同几位乡亲在一起喝了些，忽然拔脚就走，认准门外七八丈远一个粪池，竟像跳水运动员那样一纵身，头朝下、脚朝上，迅速鱼跃而下。幸亏抢救得快，现在我还非常清楚那时候他像只死猪，躺在地上被一桶桶清水冲洗的情景。不管怎么说，就算他喝醉了吧，就算他想寻死吧，就算他平时想死没有勇气，是靠了酒才敢做出来吧，可是为什么要选择这样的死法呢？这实在太荒唐。古今中外，自寻短见的人何止千万，死法集锦当亦蔚然可观，但自投粪池，倒还是前不见古人、后不见来者的。酒能使人兴奋，思维因此更加活泼而敏捷，如果因而就发展到粪池一跳，则令人瞠目结舌，啼笑皆非了。幸而未死，免得做臭鬼；不幸而未死，这一跳倒使后来的日子不大好过。他自然不愿再提到它，甚至最好（可惜做不到）不再想到它。乡亲们却是通情达理的，况且这一跳虽丑，也不曾害别人，何必同他过不去呢。所以，除了当场亲见的之外，材料并没有扩散出去。我们有个传统，不说两种人的坏处，一种人是酒鬼，一种是皇帝。前者是因为喝多了，糊糊涂涂干出来的坏事，便原谅了他。后者是为了避讳，这可以分成自愿和被迫两种，如果不自愿为长者讳，也要想一想后果而忍一忍，还是多吃饭、少开口好（请看这句谚语造得多巧妙，"多吃饭"的"饭"字换了个"酒"字，就忍不住了）。

不过忍也毕竟不会永久，到后来不就有《隋炀帝艳史》和《清宫秘史》之类的东西问世了吗？

另一位叫人难忘的是我的堂叔，酒神没有任何理由在他身上制造悲剧，因为他非常善良，即使喝醉了也只会笑呵呵说些无关紧要的废话。我不知道他从什么时候养成了这个嗜好，我确信他是酒鬼的时候，他已经不大有喝酒的自由了。据说他从前常常在镇上喝了酒，醉倒在回家的途中。乡亲们不懂得要如李太白、史湘云那般推崇和欣赏他，反而以酒鬼之名赠之，真是虎落平阳，龙困沙滩，没有办法。尤其是他那位贤妻也就是我的婶娘对此深为厌恶，到年底镇上各酒店来收账时便同丈夫拼死拼活不肯还债，弄得我堂叔无可奈何只得躲开，让债主听他夫人哭命苦，哭她嫁了个败家精男人没有日子过。一直闹到大年夜烧了路头①，讨债的不能再讨下去，才结束了这苦难的一幕。村上人大半都称赞我婶婶守得住家业，管得住丈夫，全不想想我堂叔欠债不还，失去信用，弄得大家瞧不起他，里外都不能做人。他再要上街去赊酒甚至赊肥皂、毛巾等实用品，店主都朝他笑笑说："叫你老婆来买。"

　　他还有什么话说呢？他只得沉默，只得悄然从社会里退出来。起初是想说没有用，后来是有话不想说，一直到无话可说了，沉默便像海一样无底，以至于使得别人都习惯了不同他说话。只有等到秋谷登场，家里做了一点酒，他偶然有机会多喝

---

①　即接了财神爷的神币回来。

了几杯之后，脸上才有一点笑意，嘴里才有一点声音。这有多么难得和多么可悲呀！

难道这性格能说是酒铸成的吗？

当然，堂叔的经验别人是难以接受的。我们总不能为了喝得痛快把老婆打倒在地，再踩上一只脚，叫她永世不得翻身吧？

我自己后来有所收敛，则是另有教训。那是在高中毕了业，没考取大学，在家乡晃荡。有位同学在附近小学里教书，我去看他，他自己不会喝，就邀了个有量的人来陪客。那天晚上，我们两个大约喝了两斤半杜烧酒，睡到床上就不好受了，胸口如一团烈火烧，吐出来的气都烫痛舌头和嘴唇，不禁连连呻吟，说比死还难过。后来幸而不死，竟活下来了，从此便发誓不喝烧酒。

这一誓言，自然为喝别的酒开了方便之门。

那一次的确是喝白酒喝怕了，誓言是一直遵守下去的。但形势的发展常常出人意料，而我们又必须跟上形势才不致成为"顽固派"，不致变成社会前进的绊脚石。况且即使要做"顽固派"，也总是顽而不固的。黄酒、白酒毕竟一样含酒精，杀馋的功效白酒又比黄酒大得多，人生总不会一帆风顺，面临逆境大都聪明地不会自杀，一旦碰上"有啥吃啥，无啥等着"的局面，他妈的喝酒还管什么是黄是白呢！喝吧喝吧，本来就不存在原则问题。人活在世界上能那么娇嫩吗？真爱护身体，就不应该喝酒，既然喝了还装什么腔、作什么势，趁着还有，就赶快买吧，谁保证你明天一定喝得上！

真惭愧，我就是在那个时候破戒的，就事论事，破戒再喝白酒并不算失大节，问题在于这精神上的反复触动我的羞耻心，认为这无异当了叛徒或做了妓女，灰溜溜地，连喝了酒也振作不起来。幸而不久就有了转机，原来酒也是粮食做的，自然也随缺粮而紧张。吃饭难时，喝酒也不容易了。白酒、黄酒，我都难得问津了。我的二姨母住在小镇上，从不尝杯中物。有一次我去看她，她竟悄悄拿出一瓶黄酒来，倒一杯叫我喝，挺诚挚地说："现在买不到别的吃，这酒，也是营养品。"她那音容便像得到了极好的宽慰，使人猛然觉得这苦难的现实仍旧充满了生趣。

"酒是营养品"，姨母的这句话，不但是对我的祝福，也是对所有同好者的祝福。那么就让我们努力去寻觅吧，我们付出了代价，总会有所得。常州天宁寺生产一种药酒，从前叫毛房药酒，不知名出何由，为啥不叫别的，偏叫毛房，什么意思也没有说清楚。现在不可以再含糊下去了，否则就是对劳动人民不负责，所以改称"强身酒"。这就同我姨母说的"营养品"庶几近乎哉。常规喝这号酒，早晚两次，每次一小盅，如今难得买到手，又全靠它提供营养，自然就要多喝些。于是便有人出鼻血，偶然也有牺牲的，可惜当时悲壮的事情太多，喝死了也许有些学不会的人还羡慕呢，况且死者未见得单喝一种酒，用工业酒精羼了水，难道别人喝过他就能熬住不喝？不过也不能就说羼水的工业酒精不能喝，喝死了他，还并没有喝死你们呢。我坦白交代，我在我姨母的精神鼓舞下也喝过，我不是也活过来了吗？所以，我是个活见证，证明前年吴县那个酒厂的生产经验是有前科的，不同的是从前的人耐得住苦难，经受得住考验。现在呢，吴县那个酒厂难得生产一批那种酒，竟闹出了好些人命和瞎了好些双眼睛。咦呀，离革命要达到的目标还远得很，现在还只是社会主义初级阶段，怎么大家就变得这样娇嫩了呢？

毕竟还是不喝酒好，免得误喝了这种要命的东西。

这是局外人的高调，愿喝的照喝不误。其中有些人是看透了，知道要命的东西并不光在酒里边，原是防不胜防的。而另一些人则永远不会喝上这要命东西的，他们的存在，是过去市场上看不见名牌酒的重要原因。

吴县那个酒厂主要生产那种要命的东西，是要别人的命，自己决不喝。他要喝就会喝名牌酒，用要了别人命的钱去买。

在当前的高消费中，类似上述情形的，我不知道究竟占了多少百分比。

想到这里，不禁愤愤。

愤愤又奈何？总不至于因此就禁酒吧！

何以解忧？黄酒一杯……在烟酒价格大开放、大涨价的今天，常州黄酒从四角四分涨到五角一斤，是上升幅度最小而且全国最便宜的酒类，我一向乐此不倦，所以倒占了便宜，如今还能开怀痛饮，却又怕这样的日子不能长久过下去，一则今年许多地方的水势，也像物价一样猛涨，淹了不少庄稼。二则人们想发财的大潮，也如黄河之水，从天上奔腾而下，淹没了一切，农肥、农药都卖了高价，而且还发现不少是假的。黄酒要用大米做，看今年的光景，真怕又要把酒当营养品了。

从报上看到，有些地方政府查到假农肥、农药后，也责令奸商（这两个字报上还不肯使用，是在下篡改的）赔偿损失。如何赔法没有说，所以我左思右想也想不出个公平的赔法来。如果仅仅是把钱还给买主，那么我对今后的吃饭和喝酒都不便乐观了。

所以吃饭难时，千万不要再去学喝酒。学会了想喝，已经没有啦。

不过先富起来了的人倒不必愁，杜酒没有了还有洋酒呢。从前我以为港澳同胞带进来送礼的人头马、白腊克威士忌、金奖马得利是最好的洋酒了。今年去美国待了半年，在许多教授家里都难得看到这种酒，他们平时喝的差远了，因此更肯定了原先的想法。回国时经过香港，在机场第一次看到"XO"，每瓶港元四百到一千不等，触目惊心，不知道一小瓶酒为什么那样贵？究竟好在什么地方？因又想起"XO"这个牌子的名称。第一次是在纽约听到的，有位夫人告诉我，她在北京时，邀了一位中国作家协会的官员到她驻北京办事的表兄家做客。这位客人点名要喝"XO"。幸亏她表兄还拿得出。可是这位客人倒了一杯，却只呷了一口就不喝了，真是要了好大的派头。为此这位夫人回到纽约以后还愤愤在念，好像要拿我出气似的。然而她也并没有告诉我"XO"是什么酒，一直到回到祖国以后，才在一张小报上看到。原来我过去认为的好酒，都还是低档货，只有不同价格的"XO"才独占了中档和高档。

那就喝"XO"吧。

"XO"，这两个符号连在一起，无论如何都是妙透了。在数学上，"X"是个未知数，"0"是已知数，它们并列在一起，可以看成"X=0"。如果让它们互相斗争，那么"XO"的写法也可以理解"X"乘"0"，仍旧等于0。

所以"XO"无论如何也等于0。

那是不是意味着，会把我们喝得精光呢！

这又该是杞人忧天吧，只要看纽约夫人形容的中国作协那个官员，就知道外国人看得那么贵重的东西，中国人还看不起眼呢！不光能喝，且能糟蹋。"XO"的值，对中国人等于0，对外国人也等于0。那含义就不一定是把我们喝得精光，也许倒是我们把外国的"XO"喝得精光呢！嘿！

（选自《东方纪事》，1989年第一期）

途中

梁遇春

今天是个潇洒的秋天，飘着零雨。我坐在电车里，看到沿途店里的伙计们差不多都是懒洋洋地在那里谈天，看报，喝茶——喝茶的尤其多，因为今天实在有点冷起来了。还有些只是倚着柜头，望望天色。总之纷纷扰扰的十里洋场顿然现出闲暇悠然的气氛，高楼大厦的商店好像都化作三间两舍的隐庐，里面那班平常替老板挣钱、向主顾赔笑的伙计们也居然感到了生活余裕的乐处，正在拉闲扯散地过日，仿佛全是古之隐君子了。路上的行人也只是稀稀的几个，连坐在电车里面上银行去办事的洋鬼子们也燃着烟斗，百无聊赖地看报上的广告，平时的燥气全消，这大概是那件雨衣的效力吧！到了北站，换上去西乡的公共汽车，雨中的秋之田野是别有一种风味的。外面的蒙蒙细雨是看不见的，看得见的只是车窗上不断地来临的小雨点，同河面上错杂得可喜的纤纤雨脚。此外还有粉般的小雨点从破了的玻璃窗进来，栖止在我的脸上。我虽然有些寒战，但是受了雨水的洗礼，精神变得格外地清醒。已撄世网、醉生梦死久矣的我真不容易有这么清醒、这么气爽。再看外面的景色，既没有像春天那娇艳得使人们感到它的不能久留，也不像冬天那样树枯草死，好似世界是快毁灭了，却只是静默默地，一层轻轻的雨雾若隐若现地盖着，把大地美化了许多，我不禁微吟着乡前辈姜白石的诗句，真是"人生难得秋前雨"。忽然想到今天早上她皱着眉头说道："这样凄风苦雨的天气，你也得跑那么远的路程，这真可厌呀！"我暗暗地微笑。她哪里晓得我正在凭窗赏玩沿途的风光呢？她或者以为我现在必定是哭丧着脸，像个到刑场的死囚，万不会想到我正流连着这叶尚未凋、草已添黄的秋景。同情是难得的，就是错误的同情也是无妨，所以我就让她老是这样可怜着我的仆仆风尘吧，并且有时我有什么逆意的事情，脸上露出不豫的颜色，可以借路中的辛苦来遮掩，免得她一再追究，最后说出真话，使她平添了无数的愁绪。

其实我是个最喜欢在十丈红尘里奔走道路的人。我现在每天在路上的时间差不多总在两点钟以上，这已经有好几个月了，我却一点也不生厌，天天走上电车，老是好像开始蜜月旅行一样。电车上和道路上的人们彼此多半是不相识的，所以大家都不大拿出假面孔来，比不得讲堂里、宴会上、衙门里的人们那样彼此拼命地一味敷衍。公园、影戏院、游戏场、馆子里面的来客个个都是眉开眼笑的，最少也装出那么样子，墓地、法庭、医院、药店的主顾全是眉头皱了几十纹的，这两下都未免太单调了，使我们感到人世的平庸无味。车子里面和路上的人们却具有万般色相，你坐在车里，只要你睁大眼睛不停地观察了三十分钟，你差不多可以在所见的人们脸上看出人世一切的苦乐感觉，同人心的种种情调。你坐在位子上默默地鉴赏，同车的客人们老实地让你从他们的形色举止上去推测他们的生平同当下的心境，外面的行人一一现你眼前，你尽可恣意瞧着，他们并不会晓得，而且他们是这么不断地接连走过，你很可以拿他们来彼此比较，这种普通人的行列的确是比什么赛会都有趣得多，路上源不绝的行人可说是上帝设计的赛会，当然胜过了我们佳节时红红绿绿的玩意儿了。并且在路途中，我们的心境是最宜于静观的，最能吸收外界的刺激的。我们通常总是有事干，正经事也好，歪事也好，我们的注意免不了特别集中在一点上，只有在路途中，尤其走熟了的长路，在未到目的地以前，我们的方寸是悠然的，不专注于一物，却是无所不留神的。在匆匆忙忙的一生里，我们此时才得好好地看一看人生的真况。所以无论从哪一方面说起，途中是认识人生最方便的地方。车中、船上同人行道，可说是人生博览会的三张入场券，可惜许多人把它们当作废纸，空走了一生的路。我们有一句古话，"读万卷书，行万里路"，所谓行万里路自然是指走遍名山大川，通都大邑，但是我觉得换一个解释也是可以的。一条路你来往走了几万遍，凑成了万里这个数目，只要你真用了你的眼睛，你就可以算是懂得人生的人了。俗语说道，"秀才不出门，能知天下事"，我们不幸未得入泮，只好多走些路，来见见世面吧！对于人生有了清澈的观照，世上的荣辱祸福不足以扰乱内心的恬静，我们的心灵因此可以获得永久的自由，可见个个的路都是到自由的路，并不限于罗素先生所钦定的。所怕的就是面壁参禅、目不窥路的人们，他们自甘沦落，不肯上路，的确是无法可办。读书是间接地去了解人生，走路是直接地去了解人生，一落言诠，便非真谛，所以我觉得万卷书可以搁开不念，万里路非放步走去不可。

了解自然，便是非走路不可。但是我觉得有意的旅行倒不如通常的走路那样能与自然更见亲密。旅行的人们心中只惦着他的目的地，精神是紧张的，实在不宜于裕然地接受自然的美景。并且天下的风光是活的，并不拘拘于一谷一溪、一洞一岩，旅行的人们所看的却多半是这些名闻四海的死景、人人莫名其妙地照例赞美的胜地。旅行的人们也只得依样画葫芦一番，做了万古不移的传统的奴隶。这又何苦呢？并且只有自己发现的美景对着我们才会有贴心的亲切感觉，大会感动整个心灵，而这些好景却大抵是得之偶然的，绝不能强求。所以有时因公外出，在火车中所瞥见的田舍风光会深印在我们的心坎里，而花了盘川、告了病假去赏玩的名胜倒只是如烟如雾地浮动在记忆的海里。今年的春天同秋天，我都去了一趟杭州，每天不是坐在划子里听着舟子的调度，就是跑山，恭敬地聆着车夫的命令，一本薄薄的指南隐隐地含有无上的威权，等到把所谓胜景一一领略过了，重上火车，我的心好似去了重担。当我再继续过着我通常的机械生活，天天自由地东瞧西看，再也不怕受了舟子、车夫、游侣的责备，再也没有什么应该非看不可的东西时，我真快乐得几乎发狂。西泠的景色自然是渐渐消失得无影无迹，可惜消失得太慢，起先还做了我几个噩梦的背景。当我梦到无私的车夫，带我走着崎岖难行的宝石山或者光滑不能驻足的往龙井的石路时，不管我怎样求免，总是要迫我去看烟霞洞的烟霞同龙井的龙角。谢谢上帝，西湖已经不再浮现在我的梦中了。而我生平所最赏心的许多美景是从到西乡的公共汽车的玻璃窗得来的。我坐在车里，任它一上一下、一左一右地跳荡，看着老看不完的十八世纪长篇小说，有时闭着书随便望一望外面天气，忽然觉得青翠迎人，遍地散着香花，晴天现出不可描摹的蓝色。我顿然感到春天已到大地，这时我真是神魂飞在九霄云外了。再去细看一下，好景早已过去，剩下的是闸北污秽的街道，明天再走到原地，一切虽然仍旧，总觉得有所不足，与昨天是不同的，于是乎那天的景色永留在我的心里。甜蜜的东西看得太久了也会厌烦，真真的好景都该这样一瞬即逝，永不重来。婚姻制度的最大毛病也就是在于日夕聚首，将一切好处都因为太熟而化成坏处了。此外在热狂的夏天、风雪载途的冬季，我也常常出乎意料地获到不可名言的妙境，滋润着我的心田。会心不远，真是陆放翁所谓的"何处楼台无月明"。如自己培养有一个易感的心境，那么走路的确是了解自然的捷径。

"行"不单可以使我们清澈地了解人生同自然，它自身又是带有诗意的、最浪漫不过的。雨雪霏霏，杨柳依依，这些境界只有行人才有福享受的。许多奇情逸事也都是靠着几个人的漫游而产生的。《西游记》,《镜花缘》,《老残游记》, Cervantes 的《吉诃德先生》(*Don Quixote*), Swift 的《海外轩渠录》(*Gullivers' Travels*), Bunyan 的《天路历程》(*Pilgrim's Progress*), Cowper 的《痴汉骑马歌》(*John Gilpin*), Dickens 的 *Pickwick Papers*, Byron 的 *Childe Harold's Pilgrimage*, Fielding 的 *Joseph Andrews*, Gogols 的 *Dead Souls* 等不可一世的杰作没有一个不是以"行"为骨子的，所说的全是途中的一切，我觉得文学的浪漫题材在爱情以外，就要数到"行"了。陆放翁是个豪爽不羁的诗人，而他最出色的杰作却是那些纪行的七言。我们随便抄下两首，来代我们说出"行"的浪漫性吧！

剑南道中遇微雨

衣上征尘杂酒痕，远游无处不销魂。

此身合是诗人未？细雨骑驴入剑门。

南定楼遇急雨

行遍梁州到益州，今年又作度泸游。

江山重复争供眼，风雨纵横乱入楼。

人语朱离逢峒獠，棹歌欸乃下吴舟。

天涯住稳归心懒，登览茫然却欲愁。

　　因为"行"是这么会勾起含有诗意的情绪的，所以我们从"行"可以得到极愉快的精神快乐，因此"行"是解闷消愁的最好法子，将濒自杀的失恋人常常能够从漫游得到安慰，我们有时心境染了凄迷的色调，散步一下，也可以解去不少的忧愁。Howthorne 同 Edgar Allen Poe 最爱描状一个心里感到空虚的悲哀的人不停地在城里的各条街道上回复地走了又走，以冀对于心灵的饥饿能够暂时忘却，Dostoevsky 的《罪与罚》里面的 Raskolnikov 犯了杀人罪之后，也是无目的到处乱走，仿佛走了一下，会减轻了他心中的重压。甚至于有些人对于"行"具有绝大的趣味，把别的趣味一齐压下了，Stevenson 的《流浪汉之歌》就表现出这样的一个人物，他在最后一段里说道："财富我不要。希望、爱情、知己的朋友，我也不要。我所要的只是上面的青天同脚下的道路。"

　　　　Wealth I ask not, hope nor love,

　　　　Nor a friend to know me;

　　　　All l ask, the heaven above

　　　　And the road below me.

Walt Whitman 也是一个歌颂行路的诗人，他的《大路之歌》真是"行"的绝妙赞美诗，我就引他开头的雄浑诗句来做这段的结束吧！

A foot and light-hearted I take to the open road,

Healthy, free, the world before me,

The long brown path before me leading wherever I choose.

我们从摇篮到坟墓也不过是一条道路，当我们正寝以前，我们可说是老在途中。途中自然有许多的苦辛，然而四围的风光和同路的旅人都是极有趣的，值得我们跋涉这程路来细细鉴赏。除开这条悠长的道路外，我们并没有别的目的地，走完了这段征程，我们也走出了这个世界，重回到起点的地方了。科学家说我们就归于毁灭了，再也不能重走上这段路途；主张灵魂不灭的人们以为来日方长，这条路我们还能够一再重走几千万遍。将来的事，谁去管它，也许这条路有一天也归于毁灭。我们还是今天有路今天走吧，最要紧的是不要闭着眼睛，朦朦一生，始终没有看到世界。

十八，十一，五

（选自《泪与笑》，开明书店，1934年版）

论西装

林语堂

　　许多朋友问我为何不穿西装。这问题虽小，却已经可以看出一人的贤愚与雅俗了。倘是一人不是俗人，又能用点天赋的聪明，兼又不染季常癖，总没有肯穿西服的，我想。在一般青年，穿西装是可以原谅的，尤其是在追逐异性之时期，因为穿西装虽有种种不便，却能处处受女子之青睐，风俗所趋，佳人所好，才子自然也未能免俗。至于已成婚而子女成群的人，尚穿西装，那必定是他仍旧屈服于异性的徽记了。人非昏聩，又非惧内，决不肯整日价挂那条狗领而自豪。在要人中，惧内者好穿西装，这是很鲜明彰著的事实。也不是女子尽喜欢作弄男子，令其受苦。不过多半的女子似乎觉得西装的确较为摩登一等。况且即使有点不便，为伊受苦，也是爱之表记。古代英雄豪杰，为着女子赴汤蹈火，杀妖斩蛇，历尽苦辛以表示心迹者正复不少。这种女子的心理的遗留，多少还是存在于今日，所以也不必见怪。西装只可当为男子变相地献殷勤罢了。不过平心而论，西装之所以成为一时风气而为摩登士女所乐从者，唯一的理由是，一般人士震于西洋文物之名而好为效颦；在伦理上、美感上、卫生上是决无立足根据的。

不知怎样，中装中服，暗中是与中国人之性格相合的，有时也可以从此看出一人中文之进步。满口英语，中文说得不通的人必西装，或是从外国骗得洋博士，羽毛未干，念了三两本文学批评，到处横冲直撞，谈文学、盯女人者，亦必西装。然一人的年事渐长，素养渐深，事理渐达，心气渐平，也必断然弃其洋装，还我初服无疑。或是社会上已经取得相当身份，事业上已经有相当成就的人，不必再服洋装以掩饰其不通英语及其童骓之气时，也必断然卸了他的一身洋服。所有例外，除有季常癖者，也就容易数得出来。洋行职员、青年会服务员及西崽为一类，这本不足深责，因为他们不但中文不会好，并且名字就是取了约翰、保罗、彼得、Jimmy 等，让西洋大班叫起来方便。再一类便是月薪百元的书记、未得差事的留学生、不得志之小政客等。华侨子弟、党部青年、寓公子侄、暴富商贾及剃头师傅等又为一类，其穿西装心理虽各有不同，总不外趋俗两字而已，如乡下妇女好镶金齿一般见识，但决说不上什么理由。在这一种俗人中，我们可以举溥仪为最明显的例子了。我猜疑着，像溥仪或其妻一辈人必有镶过金齿，虽然在照片上看不出。你看那一对蓝（黑?）眼镜、厚嘴唇及他的英文名字"亨利"，也就可想而知了。所以溥仪在日本天皇羽翼之下，尽可称皇称帝。到了中国关内想要复辟，就有点困难。单那一套洋服及那英文名字就叫人灰心。你想"亨利亨利"，还像个中国天子之称吗?

　　大约中西服装哲学上之不同，在于西装意在表现人身形体。而中装意在遮盖身体。然而人身到底像猴狲，脱得精光，大半是不甚美感，所以与其表扬，毋宁遮盖。像甘地及印度罗汉之半露体，大半是不能引人生起什么美感的。只有没有美感的社会，才可以容得住西装。谁不相信这话，可以到纽约 Coney Island 的海岸，看看那些海浴的男妇少的身体是怎样一回事。裸体美多半是画家挑出几位身材得中的美女画出来的，然而在中国之画家，已经深深觉得身段匀美的模特儿之不易得了。所以二十至三十五岁以内的女子西装，我还赞成，因为西装确可极量表扬其身体美，身材轻盈、肥瘦停匀的女子服西装，的确占了便宜。然而我们不能不为大多数的人着想，像纽约终日无所事事髀肉复生的四十余岁贵妇，穿起衣服，露其胸背，才叫人触目惊心。这种妇人穿起中服便可以藏拙，占了不少便宜。因为中国服装是比较一视同仁，自由平等，美者固然不能尽量表扬其身体美于大庭广众之前，而丑者也较便于藏拙，不至于太露形迹了，所以中服很合于德谟克拉西的精神。

以上是关于美感方面。至于卫生通感方面，更无足为西装置辩之余地。狗不喜欢带狗领，人也不喜欢带上那西装的领子。凡是稍微明理的人都承认这中古时代 Sir Walter Raleigh、Cardinal Richelieu 等传下来的遗物的变相是不合卫生的。西方就常有人立会宣言，要取消这条狗领。西洋女装在三十年来的确已经解放不少，但是男子服装还是率由旧章，未能改进，男子的领子，社会总还认为不美观不道德，非用领子扣带起来不可。戴这领子，冬天妨碍御寒，夏天妨碍通气，而四季都是妨碍思想，令人自由不得。文士居家为文，总是先把这条领子脱下，居家而尚不敢脱领，那便是惧内之徒，另有苦衷了。

自领以下，西装更是毫无是处。西人能发明无线电、飞机，却不能了悟他们身体只有头面一部尚算自由。穿西装者，必穿紧封皮肉的贴身卫生里衣，叫人身皮肤之毛孔作用失其效能。中国衣服之好处，正在不但能通毛孔呼吸，并且无论冬夏皆宽适如意，四通八达，何部痒处，皆搔得着。西人则在冬天无非穿刺身之羊毛里衣不可。卫生里衣之衣裤不能无褶，以致每堆积于腹部，起了反抗，由是不能不改为上下通身一片之 union suit。里衣之外，必加以衬衫，衬衫之外，必束以紧硬的皮带，使之就范，然就范不就范就常成了问题。穿礼服硬衬衫之人就知道其中的苦处。衬衫之外，又必加以背心。这背心最无道理，宽又不是，紧又不是，须由背后活动钩带求得适宜之中点，否则不是宽时空悬肚下，便是紧时妨及呼吸。凡稍微用脑的人，都明白人身除非立正之时，胸部与背后之直线总有不同，俯前则胸屈而背伸，仰后则胸伸而背屈。然而西洋背心偏偏是假定胸背长短相称，不容人俯仰于其际。唯人既不能整日挺直，结果非于俯前时，背心不得自由而褶成数段，压迫呼吸，便是于仰后时，背心尽处露出，不能与裤带相衔接，其在体材胖重的人，腹部高起之曲线既无从隐藏，背心之底下尽处遂成为那弧形之最向外点，由此点起，才由裤腰收敛下去，长此暴露于人世，而裤带也时时刻刻岌岌可危了。人身这样的束缚法，难怪西人为卫生起见，要提倡裸体运动，屏弃一切束缚了。

但是如果人类还是爬行动物，那裤带也不至于成为岌岌可危之势。只消像马鞍的腹带，绑上便不成问题，决不上下于其间。但人类虽然已经演化到竖行地步，西洋裤带却仍旧假定我们是爬行动物。妇人堕胎常就是吃这竖行之亏，因为人类的行走虽然已取立势，而吾人腹部的肌肉还未演化改造过来，以致本为爬行载重横脊骨上之极稳重设置，遂时有发生堕胎之危险。现在立势既成，妇人腹部肌肉却仍是横纹，不是载重于肩旁。而男人之裤带也一样地有时时不得把握之势而受地心吸力所影响。唯一补救的办法，就是将裤带拼命扣紧，致使妨碍一切脏腑之循环运动，而间接影响于呼吸之自由。

单这一层，我们就可以看出将一切重量载于肩上、令衣服自然下垂的中服是唯一的合理的人类的服装。至于冬夏四时之变易，中服得以随时增减，西装却很少有商量之余地，至少非一层里衣、一层衬衫、一层外衣不可。天炎既不可减，天凉也无从加。这种非人的衣服，非欲讨好女子的人是决不肯穿来受罪的。

中西服装之利弊如此显然，不过时俗所趋，大家未曾着想，所以我想人之智愚贤不肖，大概可以从此窥出吧？

（选自《我的话》上册，时代图书公司，1934年版）

住所的话

郁达夫

    自以为青山到处可埋骨的漂泊惯的流人，一到了中年，也颇以没有一个归宿为可虑。近来常常有求田问舍之心，在看书倦了之后，或夜半醒来，第二次再睡不着的枕上。

    尤其是春雨萧条的暮春，或风吹枯木的秋晚，看看天空，每每会做赏雨茅屋及江南黄叶村舍的梦想。游子思乡，飞鸿倦旅，把人一年年弄得意气消沉的这时间的威力，实在是可怕，实在是可恨。

    从前很喜欢旅行，并且特别喜欢向没有火车、飞机、轮船等近代交通利器的偏僻地方去旅行。一步一步地缓步着，向四面绝对不曾见过的山川风物回视着，一刻有一刻的变化，一步有一步的境界。到了地旷人稀的地方，你更可以高歌低唱，袒裼裸裎，把社会上的虚伪的礼节、谨严的态度，一齐洗去。人与自然，合而为一，大地高天，形成屋宇，蠕蠕蚁虱，不觉其微，五岳昆仑，也不见其大。偶或遇见些茅棚泥壁的人家，遇见些性情纯朴的农牧民，听他们谈些极不相干的私事，更可以和他们一道地悲，一道地喜。半岁的鸡娘，新生一蛋，其乐也融融，与国王年老，诞生独子时的欢喜，并无什么分别。黄牛吃草，嚼断了麦穗数茎，今年的收获，怕要减去一勺，其悲也戚戚，与国破家亡的流离惨苦，相差也不十分远。

至于有山有水的地方呢，看看云容岩影的变化，听听大浪啮矶的音乐，应临流垂钓，或松下息阴。行旅者的乐趣，更加可以多得如放翁的入蜀道、刘阮的上天台。

这一种好游旅、喜漂泊的性情，近年来渐渐地减了。连有必要的事情，非得上北平、上海去一次不可的时候，都一天天地在拖延下去，只想不改常态，在家吃点精致的菜，喝点芳醇的酒，睡睡午觉，看看闲书，不愿意将行动和平时有所移易。总之是懒得动。

而每次喝酒、每次独坐的时候，只在想着计划着的，却是一间洁净的小小的住宅，和这住宅周围的点缀与铺陈。

若要住家，第一的先决问题，自然是乡村与城市的选择。以清静来说，当然是乡村生活比较地和我更为适合。可是把文明利器——如电灯、自来水等——的供给，家人买菜购物的便利，以及小孩的教育问题等合计起来，却又觉得住城市是必要的了。具城市之外形，而又富有乡村的景象之田园都市，在中国原也很多。北方如北平，就是一个理想的都城；南方则未建都前之南京，濒海的福州等处，也是住家的好地。可是乡土的观念，附着在一个人的脑里，同毛发的生于皮肤一样，丛长着原没有什么不对，全脱了却也势有点儿不可能。所以三年之前，也是在一个春雨霏微的季节，终于听了霞的劝告，搬上杭州来住下了。

杭州这一个地方，有山有湖，还有文明的利器、儿童的学校，去上海也只有四个钟头的火车路程，住家原没有什么不合适。可是杭州一般的建筑物，实在太差，简直可以说没有一间合乎理想的住宅。旧式的房子呢，往往没有院子，顶多顶多也不过有一堆不大有意义的假山，和一条其实是只能产生蚊子的鱼池。所谓新式的房子呢，更加恶劣了，完全是对上海弄堂洋房的抄袭，冬天住住，还可以勉强，一到夏天，就热得比蒸笼还要难受。而大抵的杭州住宅，都没有浴室的设备，公共浴场呢，又觉得不卫生而价贵。

所以自从迁到杭州来住后，对于住所的问题，更觉得切身地感到了。地皮不必太大，只教有半亩之宫、一亩之隙，就可以满足。房子亦不必太讲究，只需有一处可以登高望远的高楼，三间平屋就对。但是图书室、浴室、猫狗小舍、儿童游嬉之处、灶房，却不得不备。房子的四周，一定要有阔一点的回廊；房子的内部，更需要亮一点的光线。此外是四周的树木和院子里的草地了，草地中间的路，总要用白沙来铺才好。四面若有邻舍的高墙，当然要种些爬山虎以掩去墙头；若系旷地，只需植一道矮矮的木栅，用黑色一涂就可以将就。门窗当一例以厚玻璃来做，屋瓦应先钉上铅皮，然后再覆以茅草。

照这样的一个计划来建筑房子，大约总要有两千元钱来买地皮，四千元钱来充建筑费，才有点儿希望。去年年底，在微醉之后，将这私愿对一位朋友说了一遍，今年他果然送给了我一块地，所以起楼台的基础倒是有了。现在只在想筹出四千元钱的现款来建造那一所理想的住宅。胡思乱想的结果，在前两三个月里，竟发了疯，将烟钱、酒钱省下了一半，去买了许多奖券。可是一回一回地买了几次，连末尾也不曾得过，而吃了坏烟、坏酒的结果，身体却显然受了损害了。闲来无事，把这一番经过，对朋友一说，大家笑了一场之后，就都为我设计，说从前的人，曾经用过的最上妙法，是发自己的讣闻，其次是做寿，再其次是兜会。

可是为了一己的舒服，而累及亲戚朋友，也着实有点说不过去。近来心机一转，去买了些《芥子园》《三希堂》等画谱来，在开始学画了。原因是想靠了卖画，来造一所房子，万一画画，仍旧是不能吃饭，那么至少至少，我也可以画许多房子，挂在四壁，给我自己的想象以一顿醉饱，如饥者的画饼、旱天的画云霓。这一个计划，若不至于失败，我想在半年之后，总可以得到一点慰安。

（选自《文学》，1935年7月1日第五卷第一号）

蹓跶
——龙虫并雕斋琐语之二

王了一

    在街上随便走走，北平话叫作"蹓跶"。蹓跶和散步不同：散步常常是拣人少的地方走去，蹓跶却常常是拣人多的地方走去。蹓跶又和乡下人逛街不同：乡下人逛街是一只耳朵当先，一只耳朵殿后，两只眼睛带着千般神秘，下死劲地盯着商店的玻璃橱；城里人蹓跶只是悠游自得地信步而行，乘兴而往，兴尽则返。蹓跶虽然用脚，实际上为的是眼睛的享受。江浙人叫作"看野眼"，一个"野"字就够表示眼睛的自由，和意念上毫无黏着的样子。

    蹓跶的第一个目的是看人。非但看熟人，而且看陌生的人；非但看异性，而且看同性。有一位太太对我说："休说你们男子在街上喜欢看那些太太小姐们，我们女子比你们更甚！"真的，世上没有一样东西，比一件心爱的服装、一双时款的皮鞋，或一头新兴的发髻，更能在街上引起一个女子的注意了。甚至曼妙的身段、如塑的圆腓，也没有一样不是现代女郎欣赏的对象。中国旧小说里，以评头品足为市井无赖的邪僻行为，其实在阿波罗和貌子所启示的纯洁美感之下，头不妨评，足不妨品，只要品评出于不语之语，或交换于知己朋友之间，我们看不出什么越轨的地方来。小的时候听见某先生发一个妙论，他说太阳该是阴性，因为她射出强烈的光来，令人不敢平视；月亮该是阳性，因为他任人注视，毫无掩饰。现在想起来，月亮仍该是阴性，因为美人正该如晴天明月，万目同瞻，不该像空谷幽兰，孤芳自赏。

蹓跶的第二个目的是看物。任凭你怎样富有，终有买不尽的东西。对着自己所喜欢的东西瞻仰一番，也就可饱眼福。古人说："过屠门而大嚼，虽不得肉，聊且快意"，现在我们说："入商场而凝视，虽不得货，聊且过瘾。"关于这个，似乎是先生们的瘾浅，太太小姐们的瘾深。北平东安市场里，常有大家闺秀的足迹。然而非但宝贵的东西不必多买，连便宜的东西也不必常买，有些东西只值得玩赏一会儿，如果整车地搬回家去，反倒腻了。话虽如此说，你得留神多带几个钱，提防一个"突击"。我们不能说每一次蹓跶都只是蹓跶而已，偶然某一件衣料给你太太付一股灵感，或者某一件古玩给你本人送一个秋波，你就不能不让你衣袋里的钞票搬家，并且在你的家庭账簿上，登记一笔意外的账目。

　　就我个人而论，蹓跶还有第三个目的，就是认路。我有一种很奇怪的脾气，每到一个城市，恨不得在三天内就把全市的街道都走遍，而且把街名及地点都记住了。不幸得很，我的记性太坏了，走过了三遍的街道也未必记得住。但是我喜欢闲逛，就借这闲逛的时间来认路。我喜欢从一条熟的道路出去蹓跶，然后从一条生的道路兜个圈子回家，因此我常常走错了路。然而我觉得走错了不要紧，每走错一处，就多认识一个地方。我在某一个城市住了三个月之后，对于那城市的街道相当熟悉；住了三年之后，几乎够得上充当一个向导员。巴黎的五载居留，居然能使巴黎人承认我是一个"巴黎通"。天哪！他们哪里知道这是我五年努力蹓跶（按理，"努力""蹓跶"这两个词儿是不该发生关系的）的结果呢?

　　蹓跶是一件乐事，最好是有另一件乐事和它相连，令人乐上加乐，更为完满，这另一件乐事就是坐咖啡馆或茶楼。经过了一两个钟头的"无事忙"之后，应该有三五十分钟的小憩。在外国，街上蹓跶了一会儿，走进了一家咖啡馆，坐在Terrasse上，喝一杯咖啡，吃两个"新月"面包，听一曲爵士音乐，其乐胜于羽化而登仙。Terrasse是咖啡馆前面的临街雅座，我们小憩的时候仍旧可以"看野眼"，一举两得。中国许多地方没有这种咖啡馆，不过坐坐小茶馆也未尝不"开心"。这样消遣了一两个小时之后，包管你晚上睡得心安梦稳。

蹓跶自然是有闲阶级的玩意儿，然而像我们这些"无闲的人"，有时候也不妨忙里偷闲蹓跶蹓跶。因为我们不能让我们的精神终日紧张得像一面鼓！

一九四三年六月五日《生活导报》第二十八期

（选自《龙虫并雕斋琐语》，中国社会科学出版社，1982年版）

更衣记

张爱玲

　　如果当初世代相传的衣服没有大批卖给收旧货的，一年一度六月里晒衣裳，该是一件辉煌热闹的事吧。你在竹竿与竹竿之间走过，两旁拦着绫罗绸缎的墙——那是埋在地底下的古代宫室里发掘出来的甬道。你把额角贴在织金的花绣上。太阳在这边的时候，将金线晒得滚烫，然而现在已经冷了。

　　从前的人吃力地过了一辈子，所作所为，渐渐蒙上了灰尘；子孙晾衣裳的时候又把灰尘给抖了下来，在黄色的太阳里飞舞着。回忆这东西若是有气味的话，那就是樟脑的香，甜而稳妥，像记得分明的快乐，甜而怅惘，像忘却了的忧愁。

　　我们不大能够想象过去的世界，这么迂缓、安静、齐整——在清代三百年的统治下，女人竟没有什么时装可言！一代又一代的人穿着同样的衣服而不觉得厌烦。开国的时候，因为"男降女不降"，女子的服装还保留着显著的明代遗风。从十七世

111

纪中叶直到十九世纪末，流行着极度宽大的衫裤，有一种四平八稳的沉着气象。领圈很低，有等于无。穿在外面的是"大袄"。在非正式的场合，宽了衣，便露出"中袄"。"中袄"里面有紧窄合身的"小袄"，上床也不脱去，多半是妖媚的桃红或水红。三件袄子之上又加着"云肩背心"，黑缎宽镶，盘着大云头。

削肩、细腰、平胸、薄而小的标准美女在这一层层衣衫的重压下失踪了。她的本身是不存在的，不过是一个衣架子罢了。中国人不赞成太触目的女人。历史上记载的耸人听闻的美德——譬如说，一只胳膊被陌生男子拉了一把，便将它砍掉——虽然博得普遍的赞叹，知识阶级对之总隐隐地觉得有点遗憾，因为一个女人不该吸引过度的注意。任是铁铮铮的名字，挂在千万人的嘴唇上，也在呼吸的水蒸气里生了锈。女人要想出众一点，连这样堂而皇之的途径都有人反对，何况奇装异服，自然那更是伤风败俗了。

出门时裤子上罩的裙子，其规律化更为彻底。通常都是黑色，逢着喜庆年节，太太穿红的，姨太太穿粉红。寡妇系黑裙，可是丈夫过世多年之后，如有公婆在堂，她可以穿湖色或雪青。裙上的细褶是女人的仪态最严格的试验。家教好的姑娘，莲步姗姗，百褶裙虽不至于纹丝不动，也只限于最轻微的摇颤。不惯穿裙的小家碧玉走起路来便予人以惊风骇浪的印象。更为苛刻的是新娘的红裙，裙腰垂下一条条半寸来宽的飘带，带端系着铃。行动时只许有一点隐约的叮当，像远山上宝塔上的风铃。

晚至一九二〇年左右，比较潇洒自由的宽褶裙入时了，这一类的裙子方才完全废除。

穿皮子，更是禁不起一些出入，便被目为暴发户。皮衣有一定的季节，分门别类，至为详尽。十月里若是冷得出奇，穿三层皮是可以的，至于穿什么皮，那却要顾到季节而不能顾到天气了。初冬穿"小毛"，如青种羊、紫羔、珠羔；然后穿"中毛"，如银鼠、灰鼠、灰脊、狐腿、甘肩、倭刀；隆冬穿"大毛"——白狐、青狐、西狐、玄狐、紫貂。"有功名"的人方能穿貂。中下等阶级的人以前比现在富裕得多，大都有一件金银嵌或羊皮袍子。

姑娘们的"昭君套"为阴森的冬月添上点色彩。根据历代的图画，昭君出塞所戴的风兜是爱斯基摩式的，简单大方，好莱坞明星仿制者颇多。中国十九世纪的"昭君套"却是癫狂冶艳的—— 一顶瓜皮帽，帽檐围上一圈皮，帽顶缀着极大的红绒球，脑后垂着两根粉红缎带，带端缀着一对金印，动辄相击作声。

对于细节的过分的注意，为这一时期的服装的要点。现代西方的时装，不必要的点缀品未尝不花样多端，但是都有个目的——把眼睛的蓝色发扬光大起来，补助不发达的胸部，使人看上去高些或矮些，集中注意力在腰肢上，消灭臀部过度的曲线——古中国衣衫上的点缀品却是完全无意义的，若说它是纯粹装饰性质的吧，为什么连鞋底上也满布着繁缛的图案呢？鞋的本身就很少有在人前漏脸的机会，别说鞋底了。高底的边缘也充塞着密密的花纹。

袄子有"三镶三滚""五镶五滚""七镶七滚"之别，镶滚之外，下摆与大襟上还闪烁着水银盘的梅花、菊花。袖上另钉着名唤"阑干"的丝质花边，宽约七寸，挖空镂出福寿字样。

这样聚集了无数小小的有趣之点，这样不停地另生枝节，放恣，不讲理，在不相干的事物上浪费了精力，正是中国有闲阶级一贯的态度。唯有世上最清闲的国家里最闲的人，方才能够领略到这些细节的妙处。制造一百种相仿而不犯重的图案，固然需要艺术与时间；欣赏它，也同样地繁难。

古中国的时装设计家似乎不知道，一个女人到底不是大观园。太多的堆砌使兴趣不能集中。我们的时装的历史，一言以蔽之，就是这些点缀品的逐渐减去。

当然事情不是这么简单，还有腰身大小的交替盈蚀。第一个严重的变化发生在光绪三十二三年。铁路已经不那么稀罕了，火车开始在中国人的生活里占一重要位置。诸大商港的时新款式迅速地传入内地。衣裤渐渐缩小，"阑干"与阔滚条过了时，单剩下一条极窄的。扁的是"韭菜边"，圆的是"灯草边"，又称"线香滚"。在政治动乱与社会不靖的时期——譬如欧洲的文艺复兴时代——时髦的衣服永远是紧匝在身上的，轻捷利落，容许剧烈的活动。在十五世纪的意大利，因为衣裤过于紧小，肘弯膝盖、筋骨接榫处非得开缝不可。中国衣服在革命酝酿期间差一点就胀裂开来了。"小皇帝"登基的时候，袄子套在人身上像刀鞘。中国女人的紧身背心的功用实在奇妙——衣服再紧些，衣服底下的肉体也还不是写实派的作风，看上去不大像个女人而像一缕诗魂。长袄的直线延至膝盖为止，下面虚飘飘垂下两条窄窄的裤管，似脚非脚的金莲抱歉地轻轻踏在地上。铅笔一般瘦的裤脚妙在给人一种伶仃无告的感觉。在中国诗里，"可怜"是"可爱"的代名词。男子向有保护异性的嗜好，而在青黄不接的过渡时代，颠连困苦的生活情形更激动了这种倾向。宽袍大袖的、端凝的妇女现在发现太福相了是不行的，做个薄命人反倒于她们有利。

那又是一个各趋极端的时代。政治与家庭制度的缺点突然被揭穿。年青的知识阶级仇视着传统的一切，甚至于中国的一切。保守性的方面也因为惊恐的缘故而增强了压力。神经质的论争无日不进行着，在家庭里、在报纸上、在娱乐场所。连涂脂抹粉的文明剧演员，姨太太们的理想恋人，也在戏台上向他的未婚妻借题发挥，讨论时事，声泪俱下。

一向心平气和的古国从来没有如此骚动过。在那歇斯底里的气氛里，"元宝领"这东西产生了——高得与鼻尖平行的硬领，像缅甸的一层层叠至尺来高的金属项圈一般，逼迫女人们伸长了脖子。这吓人的衣领与下面的一捻柳腰完全不相称，头重脚轻，无均衡的性质正象征了那个时代。

民国初建立，有一时期似乎各方面都有浮面的清明气象。大家都认真相信卢骚的理想化的人权主义。学生们热诚拥护投票制度、非孝、自由恋爱。甚至于纯粹的精神恋爱也有人实验过，但似乎不曾成功。

时装上也显出空前的天真，轻快，愉悦。"喇叭管袖子"飘飘欲仙，露出一大截玉腕。短袄腰部极为紧小。上层阶级的女人出门系裙，在家里只穿一条齐膝的短裤，丝袜也只到膝为止，裤与袜的交界处偶然也大胆地暴露了膝盖，存心不良的女人往往从袄底垂下挑拨性的长而宽的淡色丝质裤带，带端飘着排穗。

民国初年的时装，大部分的灵感是得自西方的。衣领减低了不算，甚至被蠲免了的时候也有。领口挖成圆形、方形、鸡心形、金刚钻形。白色丝质围巾四季都能用。白丝袜脚跟上的黑绣花，像虫的行列，蠕蠕爬到腿肚子上。交际花与妓女常常有戴平光眼镜以为美的。舶来品不分皂白地被接受，可见一斑。

军阀来来去去，马蹄后飞沙走石，跟着他们自己的官员、政府、法律、跌跌绊绊赶上去的时装，也同样地千变万化。短袄的下摆忽而圆，忽而尖，忽而六角形。女人的衣服往常是和珠宝一般，没有年纪的，随时可以变卖，然而在民国的当铺里不复受欢迎了，因为过了时就一文不值。

时装的日新月异并不一定表现活泼的精神与新颖的思想。恰巧相反，它可以代表呆滞：由于其他活动范围内的失败，所有的创造力都流入衣服的区域里去。在政治混乱期间，人们没有能力改良他们的生活情形，他们只能够创造他们贴身的环境——那就是衣服。我们各人住在各人的衣服里。

一九二一年，女人穿上了长袍。发源于满洲的旗装自从旗人入关之后一直是与中土的服装并行着的，各不相犯。旗下的妇女嫌她们的旗袍缺乏女性美，也想改穿较妩媚的袄裤，然而皇帝下诏，严厉禁止了。五族共和之后，全国妇女突然一致采用旗袍，倒不是为了效忠于清，提倡复辟运动，而是因为女子蓄意要模仿男子。在中国，自古以来女人的代名词是"三绺梳头，两截穿衣"。一截穿衣与两截穿衣是很细微的区别，似乎没有什么不公平之处，可是一九二〇年的女人很容易地就多了心。她们初受西方文化的熏陶，醉心于男女平权之说，可是四周的实际情形与理想相差太远了，羞愤之下，她们排斥女性化的一切，恨不得将女人的根性斩尽杀绝。因此初兴的旗袍是严冷方正的，具有清教徒的风格。

政治上，对内对外陆续发生的不幸事件使民众灰了心。青年人的理想总有支持不了的一天。时装开始紧缩。喇叭管袖子收小了。一九三〇年，袖长及肘，衣领又高了起来。往年的元宝领的优点在它的适宜的角度，斜斜地切过两腮，不是瓜子脸也变了瓜子脸，这一次的高领却是圆筒式的，紧抵着下颌，肌肉尚未松弛的姑娘们也生了双下巴。这种衣领根本不可恕。可是它象征了十年前那种理智化的淫逸的空气——直挺挺的衣领远远隔开了女神似的头与下面的丰柔的肉身。这儿有讽刺，有绝望后的狂笑。

当时欧美流行着的双排纽扣的军人式的外套正和中国人凄厉的心情一拍即合。然而恪守中庸之道的中国女人在那雄赳赳的大衣底下穿着拂地的丝绒长袍，袍叉开到大腿上，露出同样质料的长裤子，裤脚上闪着银色花边。衣服的主人翁也是这样的奇异的配搭，表面上无不激烈地唱高调，骨子里还是唯物主义者。

近年来最重要的变化是衣袖的废除。（那似乎是极其艰难危险的工作，小心翼翼地，费了二十年的工夫方才完全剪去。）同时衣领矮了，袍身短了，装饰性质的镶滚也免了，改用盘花纽扣来代替，不久连纽扣也被捐弃了，改用揿钮。总之，这笔账完全是减法——所有的点缀品，无论有用没有，一概剔去。剩下的只有一件紧身背心，露出颈项、两臂与小腿。

现在要紧的是人，旗袍的作用不外乎烘云托月、忠实地将人体轮廓曲曲勾出。革命前的装束却反之，人属次要，单只注重诗意的线条，于是女人的体格公式化，不脱衣服，不知道她与她有什么不同。

我们的时装不是一种有计划有组织的实业，不比在巴黎，几个规模宏大的时装公司如 Lelong's、Schiaparelli's，垄断一切，影响及于整个白种人的世界。我们的裁缝却是没主张的。公众的幻想往往不谋而合，产生一种不可思议的洪流。裁缝只有追随的份儿。因为这缘故，中国的时装更可以做民意的代表。

究竟谁是时装的首创者，很难证明，因为中国人素不尊重版权，而且作者也不甚介意，既然抄袭是最隆重的赞美。最近入时的半长不短的袖子，又称"四分之三袖"，上海人便说是香港发起的，而香港人又说是上海传来的，互相推诿，不敢负责。

一双袖子翩翩归来，预兆形式主义的复兴。最新的发展是向传统的一方面走，细节虽不能恢复，轮廓却可尽量引用，用得活泛，一样能够适应现代环境的需要。旗袍的大襟采取围裙式，就是个好例子，很有点"三日入厨下"的风情，耐人寻味。

男装的近代史较为平淡。只一个极短的时期，民国四年至八九年，男人的衣服也讲究花哨，滚上多道的如意头，而且男女的衣料可以通用，然而生当其时的人都认为那是天下大乱的怪现状之一。目前中国人的西装，固然是谨严而黯淡，遵守西洋绅士的成规，即使中装也常年地在灰色、咖啡色、深青里面打滚，质地与图案也极单调。男子的生活比女子自由得多，然而单凭这一件不自由，我就不愿意做一个男子。

衣服似乎是不足挂齿的小事。刘备说过这样的话："兄弟如手足，妻子如衣服。"可是如果女人能够做到"丈夫如衣服"的地步，就很不容易。有个西方作家（是萧伯纳吗？）曾经抱怨过，多数女人选择丈夫远不及选择帽子一般的聚精会神，慎重考虑。再没有心肝的女子说起她"去年那件织锦缎夹袍"的时候，也是一往情深的。

直到十八世纪为止，中外的男子尚有穿红着绿的权利。男子服色的限制是现代文明的特征。不论这在心理上有没有不健康的影响，至少这是不必要的压抑。文明社会的集团生活里，必要的压抑有许多种，似乎小节上应当放纵些，作为补偿。有这么一种议论，说男性如果对于衣着感兴趣些，也许他们会安分一点，不至于千方百计争取社会的注意与赞美，为了造就一己的声望，不惜祸国殃民。若说只消将男人打扮得花红柳绿的，天下就太平了，那当然是笑话。大红蟒衣里面戴着绣花肚兜的官员，照样会淆乱朝纲。但是预言家威尔斯的合理化的乌托邦里面的男女公民，一律穿着最鲜艳的薄膜质的衣裤、斗篷，这倒也值得做我们参考的资料。

因为习惯上的关系，男子打扮得略略不中程式，的确看着不顺眼，中装上加大衣，就是一个例子，不如另加上一件棉袍或皮袍来得妥当，便臃肿些也不妨。有一次我在电车上看见一个年轻人，也许是学生，也许是店伙，用米色绿方格的兔子呢制了太紧的袍，脚上穿着女式红绿条纹短袜，嘴里衔着别致的描花假象牙烟斗，烟斗里并没有烟。他吮了一会，拿下来把它一截截拆开了，又装上去，再送到嘴里去吮，面上颇有得色。乍看觉得可笑，然而为什么不呢，如果他喜欢？——秋凉的薄暮，小菜场上收了摊子，满地的鱼腥和青白色的芦粟的皮与渣。一个小孩骑了自行车冲过来，卖弄本领，大叫一声，放松了扶手，摇摆着，轻倩地掠过。在这一刹那，满街的人都充满了不可理喻的景仰之心。人生最可爱的当儿便在那一撒手吧？

（选自《流言》，中国科学公司，1944年版）

衣裳

梁实秋

莎士比亚有一句名言："衣裳常常显示人品"；又有一句："如果我们沉默不语，我们的衣裳与体态也会泄露我们过去的经历。"可是我不记得是谁了，他曾说过更彻底的话：我们平常以为英雄豪杰之士，其仪表堂堂确是与众不同，其实，那多半是衣裳装扮起来的，我们在画像中见到的华盛顿和拿破仑，固然是奕奕赫赫，但如果我们在澡堂里遇见二公，赤条条一丝不挂，我们会要有异样的感觉，会感觉得脱光了大家全是一样。这话虽然有点玩世不恭，确有至理。

中国旧式士子出而问世必须具备四个条件：一团和气，两句歪诗，三斤黄酒，四季衣裳。可见衣裳是要紧的。我的一位朋友，人品很高，就是衣裳"普罗"一些，曾随着一伙人在上海最华贵的饭店里开了一个房间，后来走出饭店，便再也不得进去，司阍的巡捕不准他进去，理由是此处不施舍。无论怎样解释也不得要领，结果是巡捕引他从后门进去，穿过厨房，到账房内去理论。这不能怪那巡捕，我们几曾看见过看家的狗咬过衣裳楚楚的客人？

衣裳穿得合适，煞费周章，所以内政部礼俗司虽然绘定了各种服装的式样，也并不曾推行，幸而没有推行！自从我们剪了小辫儿以来，衣裳就没有了体制，绝对自由，中西合璧的服装也不算违警，这时候若再推行"国装"，只是于错杂纷歧之中更加重些纷扰罢了。

李鸿章出使外国的时候，袍褂顶戴，完全是"满大人"的服装。我虽无爱于清代章制，但对于他的不穿西装，确实是很佩服的。可是西装的势力毕竟太大了，到如今理发匠都是穿西装的居多。我忆起了二十年前我穿西装的一幕。那时候西装还是一件比较新奇的事物，总觉得是有点"机械化"，其构成必相当复杂。一班几十人要出洋，于是西装逼人而来。试穿之日，适值严冬，或缺皮带，或无领结，或衬衣未备，或外套未成，但零件虽然不齐，吉期不可延误，所以一阵骚动，胡乱穿起，有的宽衣博带如稻草人，有的细腰窄袖如马戏丑，大体是赤着身体穿一层薄薄的西装裤，冻得涕泗交流，双膝打战，那时的情景足当得起"沐猴而冠"四个字。当然后来技术渐渐精进，有的把裤脚管烫得笔直，视如第二生命，有的在衣袋里插一块和领结花色相同的手绢，俨然像是一个绅士，猛然一看，国籍都要发生问题。

西装是有一定的标准的。譬如，做裤子的材料要厚，可是我看见过有人在光天化日之下穿夏布西装裤，光线透穿，真是骇人！衣服的颜色要朴素沉重，可是我见过著名的自诩讲究穿衣裳的男子们，他们穿的是色彩刺目的宽格大条的材料、颜色惊人的衬衣、如火如荼的领结，那样子只有在外国杂耍场的台上才偶然看得见！大概西装破烂，固然不雅，但若崭新而俗恶则更不可当。所谓洋场恶少，其气味最下。

中国的四季衣裳，恐怕要比西装更麻烦些。固然西装讲究起来也是不得了的，历史上著名的一例，詹姆斯第一的朋友白金翰爵士有衣服一千六百二十五套。普通人有十套八套的就算很好了。中装的花样要比较多些，虽然终年一两件长袍也能度日。中装有一件好处，舒适。中装像是变形虫，没有一定的形式，随着穿的人身体变。不像西装，肩膊上不用填麻布使你冒充宽肩膀，脖子上不用戴枷系索，裤子里面有的是"生存空间"，而且冷暖平匀，不像西装咽喉下面一块只是一层薄衬衣，容易着凉，裤子两边插手袋处却又厚至三层，特别郁热！中国长袍还有一点妙处，马彬和先生（英国人，入我国籍）曾为文论之。他说这钟形长袍是没有差别地、平等地、一律地遮掩了贫富贤愚。马先生自己就是穿一件蓝长袍，他简直崇拜长袍。据他看，长袍不势利，没有阶级性，可是在中国，长袍同志也自成阶级，虽然四川有些抬轿的也穿长袍。中装固然比较随便，但亦不可太随便，例如脖子底下的纽扣，在西装可以不扣，长袍便非扣不可，否则便不合于"新生活"。再例如虽然在蚊虫甚多的地方，裤脚管亦不可放进袜筒里去，做绍兴师爷状。

男女服装之最大不同处，便是男装之遮盖身体无微不至，仅仅露出一张脸和两只手可以吸取日光紫外线；女装的趋势，则求遮盖愈少愈好。现在所谓旗袍，实际上只是大坎肩，因为两臂已经齐根划出。两腿尽管细直如竹筷，扭曲如松根，也往往一双双地摆在外面。袖不蔽肘，赤足裸腿，从前在某处都曾悬为厉禁，在某一种意义上，我们并不惋惜。还有一点可以指出，男子的衣服，经若干年的演化，已达到一个固定的阶段，式样色彩大概是千篇一律的了，某一种人一定穿某一种衣服，身体丑也好，美也好，总是要罩上那么一套。女子的衣裳则颇多个人的差异，仍保留大量的装饰的动机，其间大有自由创造的余地。既是创造，便有失败，也有成功。成功者便是把身体的优点表彰出来，把劣点遮盖起来；失败者便是把劣点显示出来，优点根本没有。我每次从街上走回来，就感觉得我们除了优生学外，还缺乏妇女服装杂志。不要以为妇女服装是琐细小事，法朗士说得好："如果我死后还能在无数出版书籍当中有所选择，你想我将选什么呢？……在这未来的群籍之中我不想选小说，亦不选历史，历史若有兴味亦无非小说。我的朋友，我仅要选一本时装杂志，看我死后一世纪中妇女如何装束。妇女装束之能告诉我未来的人文，胜过于一切哲学家、小说家、预言家，及学者。"

衣裳是文化中很灿烂的一部分。所以裸体运动除了在必要的时候之外（如洗澡等等），我总不大赞成。

（选自《雅舍小品》，上海书店，1987年影印本）

雅舍

梁实秋

　　到四川来，觉得此地人建造房屋最是经济。火烧过的砖，常常用来做柱子，孤零零地砌起四根砖柱，上面盖上一个木头架子，看上去瘦骨嶙嶙，单薄得可怜。但是顶上铺了瓦，四面编了竹箆墙，墙上敷了泥灰，远远地看过去，没有人能说不像是座房子。我现在住的"雅舍"正是这样一座典型的房子。不消说，这房子有砖柱，有竹箆墙，一切特点都应有尽有。讲到住房，我的经验不算少，什么"上支下摘""前廊后厦""一楼一底""三上三下""亭子间""茅草棚""琼楼玉宇"和"摩天大厦"，各式各样，我都尝试过。我不论住在哪里，只要住得稍久，对那房子便发生感情，非不得已我还舍不得搬。这"雅舍"，我初来时仅求其能蔽风雨，并不敢存奢望，现在住了两个多月，我的好感油然而生。虽然我已渐渐感觉它并不能蔽风雨，因为有窗而无玻璃，风来则洞若凉亭，有瓦而空隙不少，雨来则渗如滴漏。纵然不能蔽风雨，"雅舍"还是自有它的个性。有个性就可爱。

"雅舍"的位置在半山腰，下距马路约有七八十层的土阶。前面是阡陌螺旋的稻田。再远望过去是几抹葱翠的远山，旁边有高粱地，有竹林，有水池，有粪坑，后面是荒僻的榛莽未除的土山坡。若说地点荒凉，则月明之夕，或风雨之日，亦常有客到，大抵好友不嫌路远，路远乃见情谊。客来则先爬几十级的土阶，进得屋来仍须上坡，因为屋内地板乃依山势而铺，一面高，一面低，坡度甚大，客来无不惊叹，我则久而安之，每日由书房走到饭厅是上坡，饭后鼓腹而出是下坡，亦不觉有大不便处。

"雅舍"共是六间，我居其二。篦墙不固，门窗不严，故我与邻人彼此均可互通声息。邻人轰饮作乐，咿唔诗章，喁喁细语，以及鼾声、喷嚏声、吮汤声、撕纸声、脱皮鞋声，均随时由门窗户壁的隙处荡漾而来，破我岑寂。入夜则鼠子瞰灯，才一合眼，鼠子便自由行动，或搬核桃在地板上顺坡而下，或吸灯油而推翻烛台，或攀缘而上帐顶，或在门框桌脚上磨牙，使得人不得安枕。但是对于鼠子，我很惭愧地承认，我"没有法子"。"没有法子"一语是被外国人常常引用着的，以为这话最足代表中国人的懒惰隐忍的态度。其实我对付鼠子并不懒惰。窗上糊纸，纸一戳就破；门户关紧，而相鼠有牙，一阵咬便是一个洞洞。试问还有什么法子？洋鬼子住到"雅舍"里，不也是"没有法子"？比鼠子更骚扰的是蚊子。"雅舍"的蚊风之盛，是我前所未见的。"聚蚊成雷"真有其事！每当黄昏时候，满屋里磕头碰脑的全是蚊子，又黑又大，骨骼都像是硬的。在别处蚊子早已肃清的时候，在"雅舍"则格外猖獗，来客偶不留心，则两腿伤处累累隆起如玉蜀黍，但是我仍安之。冬天一到，蚊子自然绝迹，明年夏天——谁知道我还是住在"雅舍"？

"雅舍"最宜月夜——地势较高，得月较先。看山头吐月，红盘乍涌，一霎间，清光四射，天空皎洁，四野无声，微闻犬吠，坐客无不悄然！舍前有两株梨树，等到月升中天，清光从树间筛洒而下，地上阴影斑斓，此时尤为幽绝。直到兴阑人散，归房就寝，月光仍然逼进窗来，助我凄凉。细雨蒙蒙之际，"雅舍"亦复有趣。推窗展望，俨然米氏章法，若云若雾，一片弥漫。但若大雨滂沱，我就又惶悚不安了，屋顶湿印到处都有，起初如碗大，俄而扩大如盆，继则滴水乃不绝，终乃屋顶灰泥突然崩裂，如奇葩初绽，訇然一声而泥水下注，此刻满室狼藉，抢救无及。此种经验，已数见不鲜。

"雅舍"之陈设，只当得简朴二字，但洒扫拂拭，不使有纤尘。我非显要，故名公巨卿之照片不得入我室；我非牙医，故无博士文凭张挂壁间；我不业理发，故丝织西湖十景以及电影明星之照片亦均不能张我四壁。我有一几一椅一榻，酣睡写读，均已有着，我亦不复他求。但是陈设虽简，我却喜欢翻新布置。西人常常讥笑妇人喜欢变更桌椅位置，以为这是妇人天性喜变之一征。诬否且不论，我是喜欢改变的。中国旧式家庭，陈设千篇一律，正厅上是一条案，前面一张八仙桌，一边一把靠椅，两傍是两把靠椅夹一只茶几。我以为陈设宜求疏落参差之致，最忌排偶。"雅舍"所有，毫无新奇，但一物一事之安排布置俱不从俗。人人我室，即知此是我室。笠翁《闲情偶寄》之所论，正合我意。

"雅舍"非我所有，我仅是房客之一。但思"天地者万物之逆旅"，人生本来如寄，我住"雅舍"一日，"雅舍"即一日为我所有。即使此一日亦不能算是我有，至少此一日"雅舍"所能给予之苦辣酸甜，我实躬受亲尝。刘克庄词："客舍似家家似寄。"我此时此刻卜居"雅舍"，"雅舍"即似我家。其实似家似寄，我亦分辨不清。

长日无俚，写作自遣，随想随写，不拘篇章，冠以"雅舍小品"四字，以示写作所在，且志因缘。

（选自《雅舍小品》，上海书店，1987年影印本）

旅行

梁实秋

我们中国人是最怕旅行的一个民族。闹饥荒的时候都不肯轻易逃荒，宁愿在家乡吃青草、啃树皮、吞观音土，生怕离乡背井之后，在旅行中流为饿殍，失掉最后的权益——寿终正寝。至于席丰履厚的人更不愿轻举妄动，墙上挂一张图画，看看就可以当"卧游"，所谓"一动不如一静"。说穿了"太阳下没有新鲜事物"，号称山川形胜，还不是几堆石头一汪子水？我记得做小学生的时候，郊外踏青，是一桩心跳的事，多早就筹备，起个大早，排成队伍，擎着校旗，鼓乐前导，事后下星期还得作一篇"远足记"，才算功德圆满。旅行一次是如此的庄严！我的外祖母，一生住在杭州城内，八十多岁，没有逛过一次西湖，最后才算去了一次，但是自己不能行走，抬到了西湖，就没有再回来——葬在湖边山上。

古人云，"一生能着几两屐？"这是劝人及时行乐，莫怕多费几双鞋。但是旅行果然是一桩乐事吗？其中是否含着有多少苦恼的成分呢？

出门要带行李，那一个几十斤重的五花大绑的铺盖卷儿便是旅行者的第一道难关。要捆得紧，要捆得俏，要四四方方，要见棱见角，与稀松露馅的大包袱要迥异其趣，这已经就不是一个手无缚鸡之力的人所能胜任的了。关卡上偏有好奇人要打开看看，看完之后便很难得再复原。"乘兴而来，兴尽而返。"很多人在打完铺盖卷儿之后就觉得游兴已尽了。在某些国度里，旅行是不需携带铺盖的，好像凡是有床的地方就有被褥，有被褥的地方就有可随时洗换的被单——旅客可以无牵无挂，不必像蜗牛似的顶着安身的家伙走路。携带铺盖究竟还容易办得到，但是没听说过带着床旅行的，天下的床很少没有臭虫设备的。我很怀疑一个人于整夜输血之后，第二天还有多少精神游山逛水。我有一个朋友发明了一种服装，按着他的头躯四肢的尺寸做了一件天衣无缝的睡衣，人钻在睡衣里面，只留眼前两个窟窿，和外界完全隔绝——只是那样子有些像是KKK，夜晚出来曾经几乎吓死一个人！

原始的交通工具，并不足为旅客之苦。我觉得"滑竿""架子车"都比飞机有趣。"御风而行，泠然善也"，那是神仙生涯。在尘世旅行，还是以脚能着地为原则。我们要看朵朵的白云，但并不想在云隙里钻出钻进；我们要"横看成岭侧成峰，远近高低各不同"，但并不想把世界缩小成假山石一般玩物似的来欣赏。我惋惜米尔顿所称述的中土有"挂帆之车"尚不曾坐过。交通工具之原始不是病，病在于舟车之不易得，车夫、舟子之不易缠，"衣帽自看"固不待言，还要提防青纱帐起。刘伶"死便埋我"，也不是准备横死。

　　旅行虽然夹杂着苦恼，究竟有很大的乐趣在。旅行是一种逃避，逃避人间的丑恶。"大隐藏人海"，我们不是大隐，在人海里藏不住。岂但人海里安不得身，在家园也不容易遁迹。成年地圈在四合房里，不必仰屋就要兴叹；成年地看着家里的那一张脸，不必牛衣也要对泣。家里面所能看见的那一块青天，只有那么一大块。取之不尽、用之不竭的清风明月，在家里都不能充分享用，要放风筝需要举着竹竿爬上房脊，要看日升月落需要左右邻居没有遮拦。走在街上，熙熙攘攘，磕头碰脑的不是人面兽，就是可怜虫。在这种情形之下，我们虽无勇气披发入山，至少为什么不带着一把牙刷捆起铺盖出去旅行几天呢？在旅行中，少不了风吹雨打，然后倦飞知还，觉得"在家千日好，出门一时难"，这样便可以把那不可容忍的家变成为暂时可以容忍的了。下次忍耐不住的时候，再出去旅行一次。如此地折腾几回，这一生也就差不多了。

　　旅行中没有不感觉枯寂的，枯寂也是一种趣味。哈兹利特（Hazlitt）主张在旅行时不要伴侣，因为："如果你说路那边的一片豆田有股香味，你的伴侣也许闻不见。如果你指着远处的一件东西，你的伴侣也许是近视的，还得戴上眼镜看。"一个不合意的伴侣，当然是累赘。但是人是个奇怪的动物，人太多了嫌闹，没人陪着嫌闷。耳边嘈杂怕吵，整天咕嘟着嘴又怕口臭。旅行是享受清福的时候，但是也还想拉上个伴。只有神仙和野兽才受得住孤独。在社会里我们觉得面目可憎、语言无味的人居多，避之唯恐不晚，在大自然里又觉得人与人之间是亲切的。到美国落矶山上旅行过的人告诉我，在山上若是遇见另一个旅客，不分男女老幼，一律脱帽招呼，寒暄一两句。这是很有意味的一个习惯。大概只有在旷野里，我们才容易感觉到人与人是属于一门一类的动物，平常我们太注意人与人的差别了。

真正理想的伴侣是不易得的，客厅里的好朋友不见得即是旅行的好伴侣。理想的伴侣须具备许多条件：不能太脏，如嵇叔夜"头面常一月十五日不洗，不大闷痒不能沐"，也不能有洁癖，什么东西都要用火酒揩；不能如泥塑木雕，如死鱼之不张嘴，也不能终日喋喋不休，整夜鼾声不已；不能油头滑脑，也不能蠢头呆脑；要有说有笑，有动有静，静时能一声不响地陪着你看行云、听夜雨，动时能在草地上打滚像一条活鱼！这样的伴侣哪里去找？

（选自《雅舍小品》，上海书店，1987年影印本）

骨董小记

周作人

从前偶然做了两首打油诗，其中有一句云，"老去无端玩骨董"，有些朋友便真以为我有些好古董，或者还说有古玩一架之多。我自己也有点不大相信了，在苦雨斋里仔细一查，果然西南角上有一个书橱，架上放着好些——玩意儿。这书橱的格子窄而且深，全橱宽只一公尺三五，却分作三份，每份六格，每格深二三公分，放了"四六判"的书本以外大抵还可空余八公分，这点地方我就利用了来陈列小小的玩具。这总计起来有二十四件，现在列记于下。

一、竹制黑猫一，高七公分，宽三公分。竹制龙舟一，高八公分，长七公分，是一个友人从长崎买来送我的。竹木制香炉各一，大的高十公分，小者六公分，都从东安市场南门内摊上买来。

二、土木制偶人共九，均日本新制，有雏人形、博多人形、仿御所人形各种，有"暂""鸟边山""道成寺"各景，高自三至十六公分。松竹梅土制白公鸡一，高三公分。

三、面人三，隆福寺街某氏所制，魁星高六公分，孟浩然连所跨毛驴共高四公分，长眉大仙高四公分，孟浩然后有小童，杖头挑壶卢随行，后有石壁，外加玻璃盒，价共四角。搁在斋头已将一年，面人幸各无恙，即大仙细如蛛丝的白眉亦尚如故，真可谓难得也。

四、陶制舟一，高六公分，长十二公分，底有印曰一体庵。篷做草苫，可以除去，其中可装柳木小剔牙签，船头列珊瑚一把，盖系"宝船"也。又贝壳舟一，象舟人着蓑笠持篙立筏上，以八棱牙贝九个，三贝相套为一列，三列成筏，以瓦楞子做蓑，梅花贝做笠，黄核贝做舟人的身子，篙乃竹枝。今年八月游江之岛，以十五钱买得，虽不及在小凑所买贝人形"挑水"之佳，却也别有风致，盖挑水似艳丽的人物画，而此船则是水墨山水中景物也。

五、古明器四，碓灶猪人各一也。碓高二公分，宽四公分，长十三公分。灶高八公分半，宽九公分。猪高五公分，长十一公分。人高十二公分。大抵都是唐代制品，在洛阳出土的。又自制陶器花瓶一，高八公分，中径八公分，上下均稍小，题字曰："忍过事堪喜，甲戌八月十日在江之岛书杜牧之句制此，知堂。"底长方格内文曰："苦茶庵自用品。"其实这是在江之岛对岸的片濑所制，在素坯上以破笔蘸蓝写字，当场现烧，价二十钱也。

六、方铜镜一，高广各十一公分，背有正书铭十六字，文曰："既虚其中，亦方其外，一尘不染，万物皆备。"其下一长方印，篆文曰"薛晋侯造"。

总算起来，只有明器和这镜可以说是古董。薛晋侯镜之外还有一面，虽然没有放在这一起，也是我所喜欢的。镜作葵花八瓣形，直径宽处十一公分半，中央有长方格，铭两行曰："湖州石十五郎炼铜照子。"明器自罗振玉的《图录》后已著于录，薛石的镜子更是文献足徵了。汪曰桢《湖雅》卷九云：

"《乌程刘志》：湖之薛镜驰名，薛杭人而业于湖，以磨镜必用湖水为佳。案薛名晋侯，字惠公，明人，向时称薛惠公老店，在府治南宣化坊。"又云：

"《西吴枝乘》：镜以吴兴为良，其水清洌能发光也。予在婺源购得一镜，水银血斑满面，开之止半面，光如上弦之月。背铸字两行云，湖州石十三郎自照青铜监子，十二字，乃唐宋殉葬之物也。镜以监子名，甚奇。案宋人避敬字嫌名，改镜曰照子，亦曰鉴子，监即鉴之省文，何足为异。此必宋制，与唐无涉，且明云自照，乃生时所用，亦非殉葬物也。"梁廷枏《藤花亭镜谱》卷四亦已录有石氏制镜，文曰：

"南唐石十姐镜：葵花六瓣，全体平素，右作方格而中分之，识分两行，凡十有二字，正书，曰，湖州石十姐摹练铜作此照子。予尝见姚雪逸司马衡藏一器，有柄，识曰，湖州石念二叔照子。又见两拓本，一云，湖州石千五郎炼铜照子，一云，湖州石十四郎作照子，并与此大同小异，此云十姐，则石氏兄弟姊妹咸擅此技矣。云照子者亦唯石氏有之，古不过称鉴称镜而已。石氏南唐人，据姚司马考之如此。"南唐人本无避宋讳之理，且湖州在宋前也属于吴越，不属南唐，梁氏自己亦以为疑，但深信姚司马考据必有所本，定为南唐，未免是千虑一失了。

但是我总还不很明白骨董究竟应该具什么条件。据说骨董原来只说是古器物，那么凡是古时的器物便都是的，虽然这时间的问题也还有点麻烦。例如巨鹿出土的宋大观年代的器物当然可以算作骨董了，那些陶器大家都知宝藏，然而午门楼上的板桌和板椅真是历史上的很好材料，却总没法去放在书房里做装饰，固然难找得第二副，就是想放也是枉然。由此看来，古器物中显然可以分两部分，一是古物，二仍是古物，但较小而可玩者，因此就常被称为古玩者是也。镜与明器大抵可以列入古玩之部吧，其余那些玩物，可玩而不古，那么当然难以冒扳华宗了。古玩的趣味，在普通玩物之上又加上几种分子。其一是古。古的好处何在，各人说法不同，要看他是哪一类的人。假如这是宗教家派的复古家，古之所以可贵者便因其与理想的天国相近。假如这是科学家派的考古家，他便觉得高兴，能够在这些遗物上窥见古时生活的一瞥。不佞并不敢自附于哪一派，如所愿则还在那别无高古的理想与热烈的情感的第二种人。我们看了宋明的镜子，未必推测古美人的梳头匀面，"颇涉遐想"，但借此知道那时照影用的有这一种式样，就得满足，于形色花样之外又增加一点兴味罢了。再说古玩的价值其二是稀。物以稀为贵，现存的店铺还要标明只此一家，以见其名贵，何况古物，书夸孤本，正是应该。不过在这一点上我不甚赞同，因为我所有的都是常有多有的货色，大抵到每一个古董摊头去一张望即可发现有类似品的。此外或者还可添加一条，其三是贵。稀则必贵，此一理也。贵则必好，大官富贾买古物如金刚宝石然，此又一理也。若不佞则无从措辞矣，赞成乎？无钱。反对乎？殆若酸葡萄。总而言之，我所有的虽也难说贱，却也决不贵。明器在国初几乎满街皆是，一个一只洋耳，镜则都在绍兴从大坊口至三埭街一带地方得来，在铜店柜头杂置旧锁钥匙、小件铜器的匣中检出，价约四角至六角之谱，其为我买来而不至被烊改作铜火炉者，盖偶然也。然亦有较贵者，小偷阿桂携来一镜，背作月宫图，以一元买得，此镜《藤花亭镜谱》亦著录，定为唐制，但今已失去。

玩骨董者应具何种条件？此亦一问题也。或曰，其人应极旧。如是则表里统一，可以养性。或曰，其人须极新。如是则世间谅解，可以免骂。此二说恐怕都有道理，不佞不能速断。但是，如果二说成立其一，于不佞皆大不利，无此资格而玩骨董，不佞亦自知其不可矣。

二十三年十月

（选自《苦茶随笔》，北新书局，1935年版）

139

假山

叶圣陶

　　佩弦到苏州来，我陪他看了几个花园。花园都有假山，作为园子的主要部分。假山下大都是荷花池。亭台轩榭之类就环拱着假山和池塘布置起来。佩弦虽是中年人，而且身子比较胖，却还有小孩的心性，看见假山总想爬。我是幼年时候爬熟了这几座假山了，现在再没有这种兴致，只是坐定在一处地方对着假山看看而已。

　　假山实在算不得一件好看的东西。乱石块堆叠起来，高高低低，凹凹凸凸，且不说天下绝没有这样的山，单说阳光照在上面，明一块，暗一块，支离破碎，看去总觉得不顺眼。石块与石块的胶粘处不能不显出一些痕迹，旧了的还好，新修的用了水门汀，一道道僵白色真令人难受。玄墓山下有一景，叫作"真假山"，是山脚露出一些石块，有洞穴，有皱襞，宛如用湖石堆成的一般。胶粘的痕迹自然没有，走近去看，还可以鉴赏山石的"皴法"。然而合着玄墓山一起看，这反而成为一个破绽，跟全山的调子不协调。可观的"真假山"，依我的浅见，要算太湖中洞庭西山的石公山了。那里全山是湖石，洞穴和皴襞俯拾即是，可是浑然一气。又有几十丈高的嶂壁，比虎丘"千人石"大得多的石滩，真当得上"雄奇"二字。看了石公山再来看花园里的假山，只觉得是不知哪一个石匠把他的石料寄存在这里罢了。

假山上大都种树木，盖亭子。往往整个假山都在树木的荫蔽之下，而株数并不多，少的简直只有一株。亭子里总得摆一张石桌，可以围坐几个人，一座亭子镇压着整个所谓"山峰"也是常有的事。这就显得非常不相称。你着眼在山一方面，树木和亭子未免太大了；如果着眼在树木和亭子一方面，山又未免小得可笑了。《浮生六记》里的《闲情记趣》开头说：

> 留蚊于素帐中，徐喷以烟，使其冲烟飞鸣，作青云白鹤观，果如鹤唳云端，怡然称快。于土墙凹凸处，花台小草丛杂处，常蹲其身，使与台齐，定神细视。以丛草为林，以虫蚁为兽，以土砾凸者为丘，凹者为壑，神游其中，怡然自得。

这不失为很好的幻想。作者所以能"怡然称快""怡然自得"，在乎比拟得相称。以烟为云，自不妨以蚊为鹤；以丛草为树林，以土砾为丘壑，自不妨以虫蚁为走兽。假若在蚊帐中"徐喷以烟"，而捕一只麻雀来让它逃来逃去，或者以丛草为树林，而让一只猫蹲在丛草之上，这就凝不成"青云白鹤"和"林壑幽深"的幻想，也就无从"怡然"了。假山上长着大树，盖着亭子，情形正跟上面所说的相类。不相称的东西硬凑在一起，只使人觉得是大树长在乱石堆上，亭子盖在乱石堆上而已。

据说假山在花园中起障蔽的作用。如果全园的景物一目了然，东边望得到西边，南边望得到北边，那就太不曲折，太没有深致了。有假山障蔽着，峰回路转，又是一番景象，这才引人入胜。这个话当然可以承认，而且有一些具体的例子证明这个作用的价值。顾家的怡园，靠西一带的假山把全园的景物都遮掩了，你走到假山的西边去，回廊和旱船显得异常幽静，假山下的一湾水好像是从远处的泉源通过来的（其实就是荷花池中的水），引起你的遐想。还有，拙政园的进园处类似从前衙署中的二门，如果门内留着空旷处所，从园中望出来就非常难看。当初设计的人为弥补这个缺陷，在门内堆了一座假山，使你身在园中简直看不见那一道门。可见假山的障蔽作用确有它的价值。然而障蔽不一定要用假山。在园林建筑上，花墙极受重视，也因为它的障蔽作用。墙上砌成各式各样的镂空图案，透着光，约略看得见隔墙的景物。这种"隔而不隔"的手法，假若使用得适当，比堆假山做障蔽更有意思。此外，丛树也可以做障蔽之用。修剪得法，一丛树木还可以当一幅画看。用假山，固然使花园增加了曲折和深致，但是也引起了一堆乱石之感。利弊相较，孰轻孰重，正难断言。

依传统说法，假山并不重在真有山林之趣，假山本来是假山。路径的盘曲、层次的繁复，凡是山上所有的景物，如绝壁、危梁、岩洞、石屋，应有尽有，正合"麻雀虽小，五脏俱全"的谚语，在这等地方，显出设计的人的匠心。而假山的可贵也就在此。有名的狮子林，大家都说它了不起，就为那假山具有上面所说的那些条件。我小时候还没到过狮子林，长辈告诉我说，那里的假山曲折得厉害，两个人同在山上，看也看得见，手也握得着，但是他们要走到一条路上，还得待小半天呢。后来我去了，虽然不至于小半天，走走的确要好些时间。沿着高下屈曲的路径走，一路上遇见些"具体而微"的山上应有的景物。总之是层次多，阻隔多。就从这个诀窍，产生了两个人看得见而不能立刻碰头的效果。要堆这样一座假山，当然不是容易事，不比建筑整整齐齐的房屋，可以预先打好平面和剖面的图样。这大概是全凭胸中的一点意象，堆上了，看看不对就卸下，卸下了，想停当了，再堆上，这样精心经营，直到完工才得休歇。然而不容易的事不一定能做成具有艺术价值的东西。在芝麻大的一粒象牙上刻一篇《陋室铭》，难是难极了，可是这东西终于是工匠的制品，无从列入艺术之林。你在假山上爬来爬去，只觉得前后左右都是石块，逼窄得很。遇见一些峭壁悬崖，你得设想自己缩到一只老鼠那样小才有味。如果你忘不了自己是个人，让躯体跟峭壁悬崖对照，那就像走进了小人国一般，峭壁悬崖再没有什么气魄，只见得滑稽可笑了。爬到"绝顶"的时候，且不说一览宇宙之大，你总要想来一下宽广的眺望吧。但是糟得很，什么堂什么轩的屋顶就挤在你眼前，你可以辨认出那遗留在瓦楞上的雀粪。真山真水若是自然手创的艺术品，假山便是人类的难能而不可贵的"匠"制。凡是可以从真山真水得到的趣味，假山完全没有。

看既没有可看，爬又无甚意趣，为什么花园里总得堆一座假山呢？山不可移。叠起一堆乱石来硬叫它山，石块当然不会提抗议。而主人翁便怡然自得，心里想："万物皆备于我矣，我的花园里甚至有了山。"舒服得无可奈何的人往往喜爱"万物皆备于我"，古董、珍宝、奇花、异卉、美人、声伎，样样都要，岂可独缺名山？堆了假山，虽然眼中所见的到底不是山，而心中总之有了山了，于是并无遗憾。兴到时吟吟诗，填填词，尽不妨夸张一点儿，"苍崖千丈"呀，"云气连山"呀，写上一大套征求吟台酬和，作为消闲的一法。这不过随便揣想罢了，从前的绅富爱堆假山究竟是这个意思不是，当然不能说定。

（选自《叶圣陶散文甲集》，四川人民出版社，1983年版）

天冬草

吴伯箫

　　仿佛是从儿时就养成了的嗜好：喜欢花，喜欢草。喜欢花是喜欢它含苞时的娇嫩，同初放时的艳丽芬芳。喜欢草则是喜欢那一脉新鲜爽翠的绿，同一股野生生蓬勃的氤氲。我还没见过灵芝，也伺候不了兰茝之类，坡野里丛生蔓延的野草而外，以冬夏常青为记，我喜欢天冬。

　　喜欢天冬，要以初次见了天冬的那次始。说来就须回睸远远的过去了。那还是冬天，在一座花园的客厅里，围炉闲话的若干人中有着园主的姑娘在。她是光艳照人的，印象像一朵春花，像夏夜的一颗星，所以还记得清楚。记得清座边是茶几，隔了茶几，摆得琳琅满目的是翡翠屏，是透剔精工的楷木如意，是漆得亮可鉴人的七弦琴。而外，再就是那么几架盆栽了。记得先是细叶分披的长长垂条惹了我的注意，又看见垂条间点缀了粒粒滚圆的红豆，好奇，因而就问起座侧光艳的人来：

"是什么草？"

"这文竹吗？——噢，叫天冬草呢。"

"可是冬夏常青的？"

"嗯，正是，冬夏常青的。"

"结种子的吧？"

"啊，结种子。这红豆就是。"

"红豆？'红豆生南国，春来发几枝'，可就是这——？"那边略一迟疑，微微红了脸，像笑出来了几个字似的说："大概不是。"

"总会种了就出吧？请摘我几颗。"

就那样从水葱般的指端接过来，握了一把珊瑚色珠圆的种子，天冬与我结了缘。于今，转眼已是十年了。望回去多么渺茫，想来又多么迅速的岁月啊！听说那花园的姑娘早已出了阁，并已是两个宝宝的母亲了呢。

在故都，厂甸，毗连的书肆堆里，我曾有过一爿很像样的书斋来着。屋一门两窗，同别人分担也有个恰恰长得开一株老槐树的小小庭院。屋里两三架书，桌一几一，数把杂色座椅。为粉饰趣味，墙上挂了几幅图画。应景儿跟了季节变化，也在花瓶、水盂里插几枝桃杏花，散乱地摆几盆担子上买的秋菊之类。虽说如此，那自春及冬称得起长期伴侣的却是一盆天冬草哩。

提起那盆天冬，也是有来历的。原初一个柔性朋友，脂粉书报之暇，很喜好玩那么几样小摆设，窗头床头放几棵青草红花。人既细心，又漂亮，花草都仿佛替她争光，赚面子。凡经她亲手调理出来的，无不喜笑颜开带一副欣欣向荣的生气。她有的一棵天冬，就是早早替她结了累累红豆、抽了长长枝条的。可是，也许花草无缘吧，有那么一个时期，忽然那漂亮人像喜欢了一株大树似的喜欢了一个男子起来，并且慢慢地弄得废寝忘食，这是很神秘的：男、女，尽管相隔了千里远，或竟智愚别于天渊，就是一个美得像带翅膀的天使，一个丑得像地狱里的鬼，可是不知怎么有那么一朝一夕，悄悄地他们就会靠拢了来哩，甚而好得像迅雷紧跟了电光的一般。巧妇笨男，俊男丑妇，是如此撮合的吧。这也是妒忌的根源。——一边亲近，另一边就疏远，直到漂亮人去同那"大树"度蜜月的时候，屋里花草就成了九霄云外的玩意了。未能忘情，她才一一替它另找了主，分送了朋友。结果我有的就是那盆天冬。

一则自己爱好，再则也算美人之遗，那盆天冬，就在那一个冬天得了我特别的宠幸。施肥哩依时施肥，灌溉哩勤谨灌溉。梳理垂条，剪摘黄叶，那爱护胜过了自己珍藏的一枝羽箭，同座右那张皱眉苦思的悲多汶像哩。朋友来，总喜欢投主人所好，要竭力称赞那天冬，并将话远远牵到那前任的园丁身上，扯多少酸甜故事。因此，天冬在朋友当中便有了另一番情趣。那绿条红豆间也就常常晃着一个渺不可企的美的影子了。

今天卖花担上新买了一盆天冬，又将旧衣服——许多往事——给倒了一回箱。实在说，这是多事的。你看，那伊人的馈赠呢？那好人儿呢？那一帮热得分不开的伙计呢？唉！最怕吹旧日的好风啊！

现在，且将一盆天冬摆下，书室里也安排个往日的样子吧。管它外面偷偷挤来又偷偷挤去的是魑魅还是魍魉哩，进屋来好好收拾一下残梦要紧。敝帚千金，自己喜欢的就是异珍。出了门，尽管是千万个人的奴隶，关起门来，却是无冕的皇帝哩。怎么？有天冬草在，我便有壮志，便有美梦，便有做伴丽人；书、文章、爱情、友谊也有吧，自己就是宇宙了呢。怎么样？小气的人啊，你瞧这天冬草！

人，往往为了小人伎俩而愤慨，碰了壁便丧气灰心，其实干吗呢？木石无知，小人非人，为什么要希冀粪土里会掏得出金呢？与其有闲去盼黄河水清、乌鸦变白，还是凭了自己的力去凿一注清流、养一群白鸽的好。烦人的事先踢开，且祷祝着心长青，有如座侧天冬草，并以天冬草红豆作证，给一切抑郁人铺衬一条坦荡的路吧。

二十三年八月二十八日，万年兵营雨夜

（选自《吴伯箫散文选》，人民文学出版社，1983年版）

小动物们

老 舍

鸟兽们自由地生活着，未必比被人豢养着更快乐。据调查鸟类生活的专门家说，鸟啼绝不是为使人爱听，更不是以歌唱自娱，而是占据猎取食物的地盘的示威。鸟类的生活是非常艰苦的。兽类的互相残食是更显然的。这样，看见笼中的鸟，或柙中的虎，而替它们伤心，实在可以不必。可是，也似乎不必替它们高兴；被人养着，也未尽舒服。生命仿佛老是在魔鬼与荒海的夹缝儿，怎样也不好。

我很爱小动物们。我的"爱"只是我自己觉得如此，到底对被爱的有什么好处，不敢说。它们是这样受我的恩养好呢，还是自由地活着好呢？也不敢说。把养小动物们看成一种事实，我才敢说些关于它们的话。下面的述说，那么，只是为述说而述说。

先说鸽子。我的幼时，家中很贫。说出"贫"来，为是声明我并养不起鸽子，鸽子是种费钱的活玩意儿。可是，我的两位姐丈都喜欢玩鸽子，所以我知道其中的一点儿典故。我没事儿就到两家去看鸽，也不短随着姐丈们到鸽市去玩，他们都比我大着二十多岁。我的经验既是这样来的，而且是幼时的事，恐怕说得不能很完全了，有好多鸽子名已想不起来了。

鸽的名样很多。以颜色说，大概应以灰、白、黑、紫为基本色儿。可是全灰、全白、全黑、全紫的并不值钱。全灰的是楼鸽，院中撒些米就会来一群；物是以缺者为贵，楼鸽太普罗。有一种比楼鸽小、灰色也浅一些的，才是真正的"灰"，但也并不很贵重。全白的，大概就叫"白"吧，我记不清了。全黑的叫黑儿，全紫的叫紫箭，也叫猪血。

猪血们因为羽色单调，所以不值钱，这就容易想到值钱的必是杂色的。杂色的种类多极了，就我所知道的——并且为清楚起见——可以分作下列的四大类：点子、乌、环、玉翅。点子是白身腔，只在头上有手指肚大的一块黑，或紫；尾是随着头上那个点儿，黑或紫。这叫作黑点子和紫点子。乌与点子相近，不过是头上的黑或紫延长到肩与胸部。这叫黑乌或紫乌。这种又有黑翅或紫翅的，名铁翅乌或铜翅乌——这比单是乌又贵重一些。还有一种，只有黑头或紫头，而尾是白的，叫作黑乌头或紫乌头，比乌的价钱要贱一些。刚才说过了，乌的头部的黑或紫毛是后齐肩、前及胸的。假若黑或紫毛只是由头顶到肩部，而前面仍是白的，这便叫作老虎帽，因为很像二十年前通行的风帽，这种确是非常的好看，因而价值也就很高。在民国初年，兴了一阵子蓝乌和蓝乌头，头尾如乌，而是灰蓝色儿的。这种并不好看，出了一阵子风头也就拉倒了。

环，简单得很：全白而项上有一黑圈者叫墨环；反之，全黑而项上有白圈者是玉环。此外有紫环，全白而项上有一紫环。"环"这种鸽似乎永远不大高贵。大概可以这么说，白尾的鸽是不易与黑尾或紫尾的相抗的，因为白尾的飞起来不大美。

玉翅是白翅边的。全灰而有两白翅是灰玉翅，还有黑玉翅、紫玉翅。所谓白翅，有个讲究：翅上的白翎是左七右八。能够这样，飞起来才正好，白边儿不过宽，也不过窄。能生成就这样的，自然很少，所以鸽贩常常作假，硬插上一两根，或拔去些，是常有的事。这类中又有变种：玉翅而有白尾的，比如一只黑鸽而有左七右八的白翅翎，同时又是白尾，便叫作三块玉。灰的、紫的也能这样。要是连头也是白的呢，便叫作四块玉了。四块玉是比较有些价值的。

在这四大类之外，还有许多杂色的鸽，如鹤袖，如麻背，都有些价值，可不怎么十分名贵。在北平，差不多是以上述的四大类为主。新种随时有，也能时兴一阵，可都不如这四类重要与长远。

就这四大类说，紫的老比别的颜色高贵。紫色儿不容易长到好处，太深了就遭猪血之诮，太浅了又黄不唧的寒酸。况且还容易长"花了"呢，特别是在尾巴上，翎的末端往往露出白来，像一块癣似的，把个尾巴就毁了。

紫以下便是黑，其次为灰。可是灰色如只是一点，如灰头、灰环，便又可贵了。

这些鸽中，以点子和乌为"古典的"。它们的价值似乎永远不变，虽然普通，可是老是鸽群之主。这么说吧，飞起四十只鸽，其中有过半的点子和乌，而杂以别种，便好看。反之，则不好看。要是这四十只都是点子，或都是乌，或点子与乌，便能有顶好的阵容。你几乎不能飞四十只环或玉翅。想想看吧：点子是全身雪白，而有个黑或紫的尾，飞起来像一群玲珑的白鸥，及至一翻身呢，那黑或紫的尾给这轻洁的白衣一个色彩深厚的裙儿，既轻妙而又厚重。假若是太阳在西边，而东方有些黑云，那就太美了：白翅在黑云下自然分外的白了；一斜身儿呢，黑尾或紫尾——最好是紫尾——迎着阳光闪起一些金光来！点子如是，乌也如是。白尾巴的，无论长得多么体面，飞起来没这种美妙，要不怎么不大值钱呢。铁翅乌或铜翅乌飞起来特别的好看，像一朵花，当中一块白，前后左右都镶着黑或紫，它使人觉得安闲舒适。可是铜翅乌几乎永远不飞，飞不起，贱的也得几十块钱一对儿吧。玩鸽子是满天飞洋钱的事儿，洋钱飞起却是不如在手里牢靠的。

可是，鸽子的讲究儿不专在飞，正如女子出头露脸不专仗着能跑五十米。它得长得俊。先说头吧，平头或峰头（峰读如凤；也许就是凤，而不是峰），便决定了身价的高低。所谓峰头或凤头的，是在头上有一撮立着的毛；平头是光葫芦。自然凤头的是更美，也更贵。峰——或凤——不许有杂毛，黑便全黑，紫便全紫，挽着白的便不够派儿。它得大，而且要像个荷包似的向里包包着。鸽贩常把峰的杂毛剔去，而且把不像荷包的收拾得像荷包。这样收拾好的峰，就怕鸽子洗澡，因为那好看的头饰是用胶粘的。

头最怕鸡头，没有脑勺儿，楞头磕脑的不好看。头须像算盘子儿，圆乎乎的，丰满。这样的头，再加上个好峰，便是标准美了。

眼，得先说眼皮。红眼皮的如害着眼病，当然不美。所以要强的鸽子得长白眼皮。宽宽的白眼皮，使眼睛显着大而有神。眼珠也有讲究，豆眼、隔棱眼，都是要不得的。可惜我离开鸽子们已念多年，形容不上来豆眼等是什么样子了，有机会到北平去住几天，我还能把它们想起来，到鸽市去两趟就行了。

嘴也很要紧。无论长得多么体面的鸽，来个长嘴，就算完了事。要不怎么，有的鸽虽然很缺少，而总不能名贵呢，因为这种根本没有短嘴的。鸽得有短嘴！厚厚实实的，小墩子嘴，才好看。

头部以外，就得论羽毛如何了。羽毛的深浅、色的支配，都有一定的。老虎帽的帽长到何处，虎头的黑或紫毛应到胸部的何处，都不能随便。出一个好鸽与出一个美人都是历史的光荣。

身的大小，随鸽而异。羽色单调一些的，像紫箭等，自然是越大越蠢，所以以短小玲珑为贵。像点子与乌什么的，个子大一点也不碍事。不过，嘴儿短，长得娇秀，自然不会发展得很粗大了，所以美丽的鸽往往是小个儿。

小个子的、长嘴儿的，可也有用处。大个子的，身强力壮，翅子硬，能飞，能尾上戴鸽铃，所以它们是空中的主力军。别的鸽子好看，可供地上玩赏；这些老粗儿们是飞起来才见本事，故而也还被人爱。长翅儿也有用，孵小鸽子是它们的事：它们的嘴长，"喷"得好——小鸽不会自己吃东西，得由老鸽嘴对嘴地"喷"。再说呢，喷的时候，老的胸部羽毛便糙了。谁也不肯这么牺牲好鸽。好鸽下的蛋，总被人拿来交与丑鸽去孵，丑鸽本来不值钱，身上糙旧一点也没关系。要做鸽就得美呀，不然便很苦了。

有的丑鸽，仿佛知道自己的相貌不扬，便长点特别的本事以与美鸽竞争。有力气、戴大鸽铃便是一例。可是有力气还不怎样新奇，所以有的能在空中翻跟头。会翻跟头的鸽在与朋友们一块飞起的时候，能飞着飞着便离群而翻几个跟头，然后再飞上去加入鸽群，然后又独自翻下来。这很好看，假若它是白色的，就好像由蓝空中落下一团雪来似的。这种鸽的身体很小，面貌可不见得美。它有个标志，即在项上有一小撮毛儿，倒长着。这一撮倒毛儿好像老在那儿说："你瞧，我会翻跟头！"这种鸽还有个特点，脚上有毛儿，像诸葛亮的羽扇似的。一走，便扑喳扑喳的，很有神气。不会翻跟头的可也有时候长着毛脚。

这类鸽多半是全灰、全白或全黑的。羽毛不佳，可是有本事呢。

为养毛脚鸽，须盖灰顶的房，不要瓦。因为瓦的棱儿往往伤了毛脚而流出血来。

哎呀！我说"先说鸽子"，已经三千多字了，还没说完！好吧，下回接着说鸽子吧，假若有人爱听。我的题目《小动物们》，似乎也有加上个"鸽"的必要了。

（原载《人间世》，1935年3月第二十四期）

小动物们（鸽）续

老 舍

　　养鸽正如养鱼、养鸟，要受许多的辛苦。"不苦不乐"，算
是说对了。不过，养鱼、养鸟比较养鸽还和平一些，养鸽是斗
气的事儿。是，养鸟也有时候怄气，可鸟儿究竟是在笼子里，
跟别的鸟没有直接的接触。鸽子是满天飞的。张家的也飞，李
家的也飞，飞到一处而裹乱了是必不可免的。这就得打架。因
此，玩别的小玩意用不着法律，养鸽便得有。这些法律虽不是
国家颁布的，可是在玩鸽的人们中间得遵守着。比如说吧，我
开始养鸽子，我就得和四邻的"鸽家"们开谈判。交情好的呢，
可以规定：彼此谁也不要谁的鸽；假若我的鸽被友家裹了去，
他还给我送回来；我对他也这样。这就免去许多战争。假若两
家说不来呢，那就对不起了，谁得着是谁的，战争可就无可避
免了。有这样的敌人，养鸽等于斗气。你不飞，我也不飞；你
的飞起来，我的也马上飞起去，跟你"撞"！"撞"很过瘾，

两个鸽阵混成一团，合而复分，分而复合；一会儿我"拉过"你的来，一会儿你又"拉过"我的去，如看拔河一样起劲。谁要是能"得过"一只来，落在自己的房上，便设法用粮食引诱下来，算作自己的战胜品。可是，俘虏是在房上，时时可以飞去；我可就下了毒手，用弩打下来，假若俘虏不受引诱而要逃走。打可得有个分寸，手法要好，讲究恰好打在——用泥弹——鸽的肩头上。鸽肩头受伤，没有性命的危险，可是失了飞翔的能力。于是滚下房来，我用网接住，将养几天，便能好过来。手法笨的，弹中胸部，便一命呜呼；或是弹子虚发，把鸽惊走，是谓泄气。

"撞"实过瘾，可也别扭，我没法训练新鸽与小鸽了。新鸽与小鸽必须有相当的训练才认识自己的家，与见阵不迷头。那么，我每放起鸽去，敌人也必调动人马，那我简直没有训练新军的机会；大胆放出生手，准保叫人家给拉了去。于是，我得早早地起，敛旗息鼓地、一声不出地，去操练新军。敌人也会早起呀，这才真叫怄气！得设法说和了，要不然简直得出人命了。

哼，说和却不容易。比如我只有三十只能征惯战的鸽，而敌人有八十只，他才不和我开平和会议呢。没办法，干脆搬家吧。对这样的敌人，万幸我得过他一只来，我必定拿到鸽市去卖；不为钱，为的是羞辱他。他也准知道我必到鸽市去，而托鸽贩或旁人把那只买回去，他自己没脸来和我过话。

即使没这种战争，养鸽也非养气之道：鸽时时使你心跳。这么说吧，我有点事要出门，刚走到巷口，见天上有只鸽，飞得两翅已疲，或是惊惶不定，显系飞迷了头，我不能漏这个空，马上飞跑回家，放起我的鸽来裹住这只宝贝。有天大的事也得放下。其实得到手中，也许是只最老丑的糟货，可是多少是个幸头，不能轻易放过。养鸽的人是"满天飞洋钱，两脚踩狗屎"，因为老仰首走路也。

训练幼鸽也是很难放心的事，特别是经自己的手孵出来的。头几次飞，简直没把握，有时候眼看着你自己家中孵出的幼鸽飞到别家去，其伤心不亚于丢失了儿女。

最难堪的是闹"鸦虎子"。"鸦虎子"是一种小鹰，秋冬之际来驻北平，专欺侮鸽子。在这个时节，养鸽的把鸽铃都撤下来，以免鸦虎闻声而来。在放鸽以前，要登高一望，看空中有无此物。及至鸽已飞起，而神气不对，忽高忽低，不正经着飞，便应马上"垫"起一只，使大家落下，以免危险，大概远处有了那个东西。不幸而鸦虎已到，那只有跺脚，而无办法。鸦虎子捉鸽的方法是把鸽群"托"到顶高，高得几乎像燕子那么小了，它才绕上去，单捉一只。它不忙，在鸽群下打旋，鸽们只好往高处飞了。越飞越高，越飞越乏，然后鸦虎猛地往高处一钻，鸽已失魂，紧跟着它往下一"砸"，群鸽屁滚尿流，一直地往下掉。可是鸦虎比它们快。于是空中落下一些羽毛，它捉住一只，找清静地方去享受。其余的幸得逃命，不择地而落，不定都落在哪里去呢！幸而有几只碰运气落在家中的房上，亦只顾喘息，如呆如痴，非常的可怜。这个，从始至终，养鸽的是目不敢瞬地看着，只是看着，一点办法没有！鸦虎已走，养鸽的还得等着，等着失落的鸽们回来。一会儿飞回来一只，又待一会儿又回来一只。可是等来等去，未必都能回来，因惊破了胆的鸽是很容易被别家得去的。检点残军，自叹晦气，堂堂七尺之躯会干不过个小小的鸦虎子！

　　普通的飞法是每天飞三次，每飞一次叫作"一翅儿"。三次的支配大概是每日的早晚中三时，这随天气的冷暖而变动。夏日太热，早晚为宜，午间即不放鸽；冬日自然以午间为宜，因为暖和些。夏天的鸽阵最好看，高处较凉一些，鸽喜高飞，而且没有鸦虎什么的，鸽飞得也稳。鸦虎是到别处去避暑了。每要飞一翅儿，是以长竿——竿头拴些碎布或鸡毛——一挥，鸽即飞起。飞起的都是熟鸽，不怕与别家的"撞"。其中最强者，尾系鸽铃，为全军奏乐。飞起来，先擦着房，而后渐次高升，以家中为中心来回地旋转。鸽不在多少，飞起来讲究尾彩配合得好，"盘儿"——即鸽阵——要密，彼此的距离短而旋转得一致。这样有盘儿有精神，悦目。盘儿大而松懈，东一个西一个地乱飞，则招人讥诮。当盘儿飞到相当的时间，则当把生鸽或幼鸽掷于房上，盘儿见此，则往下飞。如欲训练生鸽或幼鸽，即当盘儿下落之际续入，随盘儿飞转几圈，就一齐落于房上，以免丢失。以一鸽或二鸽掷于房上，招盘儿下来，叫作"垫"。

老鸽不限于随盘儿飞，有时被主人携到十数里之外去放，仍能飞回来。有时候卖出去，过一两月还能找到老家。

养鸽的人家，房脊上摆琉璃瓦两三块，一黄二绿，或二绿一黄，以做标志。鸽们记得这个颜色与摆法，即不往生地方落。

新鸽买来，用线拢住翅儿，以防飞走。过几天，把翅儿松开些，使能打扑噜而不能高飞，掷之房上，使它认识环境。再过几天，看鸽性是强烈还是温柔而决定松绑的早晚。老鸽绑的日久，幼鸽绑的期短。松绑以后，就可以试着训练了。

鸽食很简单，通常都用高粱。到换毛的时候或极冷的时候才加些料豆儿。每天喂鸽最好有一定的次数。

住处也不须怎么讲究，普通的是用苇扎成个栅子，栅里再砌起窝来，每一窝放一草筐，够一对鸽住的。最要紧的是要干燥和安全。窝门不结实，或砌的不好，黄鼠狼就会半夜来偷鸽吃。窝干燥清洁，鸽不易得病，如得起病来，传染得很快，那可了不得。

该说鸽市。

对于鸽的食水，我没详说，因为在重要的点上大家虽差不多，可是每人都有自己的手法，不能完全相同。既是玩嘛，个人总设法证明自己的方法最好。谈到鸽市，规矩可就是普通的了，示奇立异是行不通的。

在我幼时，天天有鸽市。我记得好像是这样：逢一、五是在护国寺的后身，二、六是在北新桥，三是土地庙，四是花市，

七、八是西城车儿胡同，九、十是隆福寺外。每逢一、五，是否在护国寺后身，我不敢说准了，想了半天，也想不起来。

鸽贩是每天必上市的。他们大约可分三种：第一种是阔手，只简单地拿着一个鸽笼，专买卖中上等的鸽子。第二种，挑着好几个笼，好歹不论，有利就买就卖。第三种是专买破鸽雏鸽与鸽蛋——送到饭庄当菜用，我最不喜欢这第三种，鸽子一到他们手里就算无望了。顶可怜是雏鸽，羽毛还没长全，可是已能叫人看出是不成材料的货，便入了死笼。雏鸽哆嗦着，被别的鸽压在笼底上，极细弱地叫着！再过几点钟便成了盘中的菜了。

此外，还有一种暗中做买卖而不叫别人知道的，这好像是票友使黑杵，虽已拿钱而不明言。这种人可不甚多。

养鸽的人到市上去，若是卖鸽，便也是提笼。若是去买鸽，既不知准能买到与否，自然不必拿着笼去。只去卖一二只鸽，或是买到一二只，既未提笼，就用手绢捆着鸽。

买鸽的时候，不见得准买一对。家中有只雄的，没有伴儿，便去买只雌的，或者相反。因此，卖鸽的总说"公儿欢，母儿消"。所谓"欢"者，就是公鸽正想择配，见着雌的便咕咕地叫着追求。所谓"消"者，是雌鸽正想出嫁，有公鸽向她求爱，她就点头接受。买到欢公或消母，拿到家中即能马上结婚，不必费事。欢与消可以——若是有笼——当面试验。可是市上的鸽未必雄的都欢，雌的都消。况且有时两雄或两雌放在一处而充作一对儿卖。这可就得看买主的眼睛了。你本想去买一只欢公，而市上没有。可是有一只，虽不欢，但是合你的意，那么，也就得买这一只；现在不欢，过几天也许就欢起来。你怎么知道那是个公的呢？为买公鸽而去，却买了只母的回来，岂不窝囊得慌！市上是不甚讲道德的，没眼睛的就要受骗。

看鸽是这样的：把鸽拿在左手中，拢着鸽的翅与腿，用右手去托一托鸽的胸。鸽在此时，如瞪眼，即是公；眨眼的，即是母。头大的是公，头小的是母。除辨别公母，鸽在手中也能觉出挺拔与否。真正的行家，拿起鸽来，还能看出鸽的血统正不正来。有的鸽，外表很好，而来路不正，将来下蛋孵窝，未必还能出好鸽。这个，我可不大深知，我没有多少经验。

看完了头部，要用手将一将鸽翅，看翅活动与否，有力没力，与是否有伤——有的鸽是被弩弹打过而翅子僵硬不灵的。对于峰、尾，都要吹一吹，细看看，恐怕是假做的。都看好了，才讲价钱。半日之中，鸽受罪不少。所以真正的好鸽，如到鸽市上去卖，便放在笼内，只准看，不准动手，这显着硬气，可是鸽子的身份得真高；假如弄只破鸽而这么办，必会被人当笑话说。还有呢，好鸽保养得好，身上有一层白霜，像葡萄霜儿那样好看，经手一摸，便把霜儿蹭了去，所以不许动手。可是好鸽上市，即使不许人动，在笼中究竟要受损失，尾巴是最易磨坏的。所以要出手好鸽，往往把买主请到家中来看，根本不到市上去。因此，市上实在见不着什么值钱的鸽子。

关于鸽，我想起这么些儿来，离详尽还远得很呢。就是这一点，恐怕还有说错了的地方——二十多年前的事是不易老记得很清楚的。

现在，粮食贵，有闲的人也少了，恐怕就还有养鸽的，也不似先前那样讲究了。可是这也没什么可惜的。我只是为述说而述说，倒不提倡什么国鸟国鸽的。

（原载《人间世》，1935年4月第二十六期）

囚绿记

陆　蠡

　　这是去年夏间的事情。

　　我住在北平的一家公寓里。我占据着高广不过一丈的小房间，砖铺的潮湿的地面，纸糊的墙壁和天花板，两扇木格子嵌玻璃的窗，窗上有很灵巧的纸卷帘，这在南方是少见的。

　　窗是朝东的。北方的夏季天亮得快，早晨五点钟左右太阳便照进我的小屋，把可畏的光线射个满室，直到十一点半才退出，令人感到炎热。这公寓里还有几间空房子，我原有的选择是自由的，但我终于选定了这朝东的房间，我怀着喜悦而满足的心情占有它，那是有一个小小理由的。

　　这房间靠南的墙壁上，有一个小圆窗，直径一尺左右。窗是圆的，却嵌着一块六角形的玻璃，并且左下角被打碎了，留下一个大孔隙，手可以随意伸进伸出。圆窗外面长着常春藤。当太阳照过它繁密的枝叶，透到我房里来的时候，便有一片绿影。我便是欢喜这片绿影才选定这房间的。当公寓里的伙计替我提了随身小提箱，领我到这房间来的时候，我瞥见这绿影，感觉到一种喜悦，便毫不犹疑地决定下来，这样了截爽直使公寓里的伙计都惊奇了。

绿色是多宝贵的啊！它是生命，它是希望，它是慰安，它是快乐。我怀念着绿色，把我的心等焦了。我欢喜看水白，我欢喜看草绿。我疲累于灰暗的都市的天空和黄漠的平原，我怀念着绿色，如同涸辙中的鱼盼等着雨水！我急不暇择的心情将即使一枝之绿也视同至宝。当我在这小房中安顿下来后，我移徙小台子到圆窗下，让我的面朝墙壁和小窗。门虽是常开着，可没人来打扰我，因为在这古城中我是孤独而陌生的。但我并不感到孤独。我忘记了困倦的旅程和已往的许多不快的记忆。我望着这小圆洞，绿叶和我对语。我了解自然无声的语言，正如它了解我的语言一样。

我快活地坐在我的窗前。度过了一个月、两个月，我留恋于这片绿色。我开始了解渡越沙漠者望见绿洲的欢喜，我开始了解航海的冒险家望见海面飘来花草的茎叶的欢喜。人是在自然中生长的，绿是自然的颜色。

我天天望着窗口常春藤的生长。看它怎样伸开柔软的卷须，攀住一根缘引它的绳索，或一茎枯枝；看它怎样舒开折叠着的嫩叶，渐渐变青，渐渐变老。我细细观赏它纤细的脉络、嫩芽，我以揠苗助长的心情，巴不得它长得快、长得茂绿。下雨的时候，我爱它淅沥的声音、婆娑的摆舞。

忽然有一种自私的念头触动了我。我从破碎的窗口伸出手去，把两枝浆液丰富的柔条牵进我的屋子里来，教它伸长到我的书案上，让绿色和我更接近、更亲密。我拿绿色来装饰我这简陋的房间，装饰我过于抑郁的心情。我要借绿色来比喻葱茏的爱和幸福，我要借绿色来比喻猗郁的年华。我囚住这绿色，如同幽囚一只小鸟，要它为我做无声的歌唱。

绿的枝条悬垂在我的案前了。它依旧伸长，依旧攀缘，依旧舒放，并且比在外边长得更快。我好像发现了一种"生的欢喜"，超过了任何种的喜悦。从前我有个时候，住在乡间的一所草屋里，地面是新铺的泥土，未除净的草根在我的床下茁出嫩绿的芽苗，蕈菌在地角上生长，我不忍加以剪除。后来一个友人一边说一边笑，替我拔去这些野草，我心里还引为可惜，倒怪他多事似的。

可是每天早晨，我起来观看这被幽囚的"绿友"时，它的尖端总朝着窗外的方向，甚至于一枚细叶、一茎卷须，都朝原来的方向。植物是多固执啊！它不了解我对它的爱抚、我对它的善意。我为了这永远向着阳光生长的植物不快，因为它损害了我的自尊心。可是我囚系住它，仍旧让柔弱的枝叶垂在我的案前。

它渐渐失去了青苍的颜色，变成柔绿，变成嫩黄；枝条变成细瘦，变成娇弱，好像病了的孩子。我渐渐不能原谅我自己的过失，把天空底下的植物移锁到暗黑的室内；我渐渐为这病损的枝叶可怜，虽则我恼怒它的固执、无亲热，我仍旧不放走它。魔念在我心中生长了。

我原是打算七月尾就回南去的。我计算着我的归期，计算这"绿囚"出牢的日子。在我离开的时候，便是它恢复自由的时候。

卢沟桥事件发生了。担心我的朋友电催我赶速南归。我不得不变更我的计划，在七月中旬，不能再流连于烽烟四逼中的旧都。火车已经断了数天，我每日须得留心开车的消息。终于在一天早晨候到了。临行时，我珍重地开释了这永不屈服于黑暗的囚人。我把瘦黄的枝叶放在原来的位置上，向它致诚意的祝福，愿它繁茂苍绿。

离开北平一年了，我怀念着我的圆窗和绿友。有一天，得重和它们见面的时候，会和我面生吗？

（选自《囚绿记》，文化生活出版社，1940年版）

鹤

——昆虫鸟兽之一

陆　蠡

　　在朔风扫过市区之后，顷刻间天地便变了颜色。虫僵叶落，草偃泉枯，人们都换上了臃肿的棉衣，季候已是冬令了。友人去后的寒瑟的夜晚，在无火的房中独坐，用衣襟裹住自己的脚，翻阅着插图本的《互助论》，原是消遣时光的意思。在第一章的末尾，读到称赞鹤的话，说鹤是极聪明极有情感的动物，说是鸟类中除了鹦鹉以外，没有比鹤更可亲热更可爱的了，"鹤不把人类看作是它的主人，只认为它们的朋友"，等等，遂使我忆起幼年豢"鹤"的故事。眼前的书页便仿佛成了透明，就中看到湮没在久远的年代中的模糊的我幼时自己的容貌，不知不觉间凭案回想起来，把眼前的书本推送到书桌的一个角上去了。

　　那是约莫十七八年以前，也是一个初冬的薄暮，弟弟气喘吁吁地从外边跑进来，告诉我哥儿捉得一只鸟，长脚尖啄，头有缨冠，羽毛洁白，"大概是白鹤罢。"他说。他的推测是根据书本上和商标上的图画，还掺加一些想象的成分。我们从未见过白鹤，但是对于鹤的品性似乎非常明了：鹤是长寿的动物，鹤是能唳的动物，鹤是善舞的动物，鹤象征正直，鹤象征涓洁，鹤象征疏放，鹤象征淡泊……鹤是隐士的伴侣、帝王之尊所不能屈的……我不知道这一大堆的概念从何而来？人们往往似乎很熟知一件事物，却又不认识它。如果我们对日常的事情加以留意，像这样的例子也是常有的。

我和弟弟赶忙跑到邻家去，要看看这不幸的"鹤"，不知怎的会从云霄跌下，落到俗人竖子的手中，遭受他们的窘辱。当我们看见它的时候，它的脚上系了一条粗绳，被一个孩子牵在手中。翅膀上殷然有一滴血痕，染在白色的羽毛上。他们告诉我这是枪伤，这当然是不幸的原因了。它的羽毛已被孩子们翻得凌乱，在苍茫的夜色中显得非常洁白。瞧它那种耿介不屈的样子，一任孩子们挑逗，一动也不动，我们立刻便寄予很大的同情。我便请求他们把它交给我们豢养，答应他们随时可以到我家里观看，只要不伤害它。大概他们玩得厌了，便毫不为难地应允了。

我们兴高采烈地把受伤的鸟抱回来，放在院子里。它的左翼已受伤，不能飞翔。我们解开系在它足上的束缚，让它自由行走。复拿水和饭粒放在它的面前。看它不饮不食，料是惊魂未定，所以便叫跟来的孩子们跑开，让它孤独地留在院子里。野鸟是惯于露宿的，用不着住在屋子里，这样省事不少。

第二天一早，我们便起来观看这成为我们豢养的鸟。它的样子确相当漂亮，瘦长的脚，走起路来大模大样，像个"宰相步"。身上洁白的羽毛，早晨它用嘴通身搜剔一遍，已相当齐整。它的头上有一簇缨毛，略带黄色，尾部很短。只是老是缩着头颈，有时站在左脚上，有时站在右脚上，有时站在两只脚上，用金红色的眼睛斜看着人。

昨晚放在盂里的水和饭粒，仍是原封不动，我们担心它早就饿了。这时我们遇到一个大的难题："鹤是吃什么的呢？"人们都不知道。书本上也不曾提起，鹤是怎样豢养的？偶在什么器皿上，看到鹤衔芝草的图画。芝草是神话上的仙草，有否这种东西固然难定，既然是草类，那么鹤是吃植物的吧。以前山村隐逸人家，家无长物，除了五谷之外，用什么来喂鹤呢？那么吃五谷是无疑的了。我们试把各色各样的谷类放在它眼前，它一概置之不顾，这使得我们为难起来了。

"从它的长脚着想，它应当是吃鱼的。"我忽然悟到长脚宜于涉水，正如食肉鸟生着利爪，而食谷类的鸟则仅有短爪和短小活泼的身材。像它这样躯体臃肿、长脚尖啄是宜于站在水滨，啄食游鱼的。听说鹤能吃蛇，这也是吃动物的一个佐证。弟弟也赞同我的意见，于是我们一同到溪边捉鱼去。捉大鱼不很容易，捉小鱼是颇有经验的。只要拿麸皮或饭粒之类，放在一个竹篮或筛子里，再加一两根肉骨头，沉入水中，等鱼游进来，缓缓提出水面就行。不上一个钟头，我们已经捉了许多小鱼回家。我们把鱼放在它前面，看它仍是趑趄踌躇，便捉住它，拿一尾鱼喂进去。看它一直咽下，并没有显出不舒服，知道我们的猜想是对的了，便高兴得了不得。而更可喜的，是隔了不久以后，它自动到水盂里捞鱼来吃了。

从此我和弟弟的生活便专于捉鱼饲"鹤"了。我们从溪边到池边，用鱼篓，用鱼兜，用网，用钓，用弶，用各种方法捉鱼。它渐渐和我们亲近，见我们进来的时候，便拐着长脚走拢来，向我们乞食。它的住处也从院子里搬到园里。我们在那里掘了一个水潭，复种些水草之类，每次捉得鱼来，便投入其间。我们天天看它饮啄，搜剔羽毛。我们时常约邻家的孩子来看我们的"白鹤"，向他们讲些"鹤乘轩""梅妻鹤子"的故事。受了父亲过分称誉隐逸者流的影响，羡慕清高的心思是有的，养鹤不过是其一端罢了。

我们的"鹤"养了相当时日，它的羽毛渐渐光泽起来，翅膀的伤痕也渐渐平复，并且比初捉来时似乎胖了些。这在它得到了安闲，而我们却从游戏变成工作，由快乐转入苦恼了。我们每天必得捉多少鱼来。从家里拿出麸皮和饭粒去，往往挨母亲的叱骂；有时把"鹤"弄到屋子里，撒下满地的粪，更成为叱责的理由。祖父恐吓着把我们连"鹤"一道赶出屋子去。而最使人苦恼的，便是溪里的鱼也愈来愈乖，不肯上当，钓啦，弶啦，什么都不行。而"鹤"的胃口却愈来愈大，有多少吃多少，叫人供应不及了。

我们把"鹤"带到水边去，意思是叫它自己拿出本能，捉鱼来吃。并且，多久不见清澈的流水了，在它里面照照自己的容颜也应该是欢喜的。可是，这并不然。它已懒于向水里伸嘴了，只是靠近我们站着。当我们回家的时候，它也蹦跳着跟回来。它简直是有了依赖心，习于安逸的生活了。

我们始终不曾听到它长唳一声，或做起舞的姿势。它的翅膀虽已痊愈，可是并没有飞扬他去的意思。一天舅父到我家里，在园中看到我们豢养着的"鹤"，他皱皱眉头说道：

"把这长脚鹭鸶养在这里干什么？"

"什么？长脚鹭鸶？"我惊讶地问。

"是的。长脚鹭鸶，书上称为'白鹭'的。唐诗里'一行白鹭上青天'的白鹭。"

"白鹭！"啊！我的鹤！

到这时候我才想到它怪爱吃鱼的理由，原来是水边的鹭啊！我失望而且懊丧了。我的虚荣受了欺骗。我的"清高"、我的"风雅"，都随同鹤变成了鹭，成为可笑的题材了。舅父接着说：

"鹭肉怪腥臭，又不好吃的。"

懊丧转为恼怒，我于是决定把这骗人的食客逐出，把假充的隐士赶走。我拳足交加地高声逐它。它不解我的感情的突变，徘徊瞻顾，不肯离开，我拿竹箠打它，打在它洁白的羽毛上，它才带飞带跳地逃走。我把它一直赶到很远，到看不见自己的园子的地方为止。我整天都不快活，怀着恶劣的心情睡过了这冬夜的长宵。

次晨踏进园子的时候，被逐的食客依然宿在原处，好像忘了昨天的鞭挞，见我走近时依然做出亲热的样子。这益发触了我的恼怒。我把它捉住，越过溪水，穿过溪水对岸的松林，复渡过松林前面的溪水，把它放在沙滩上，自己迅速回来，心想松林遮断了视线，它一定认不得原路跟踪回来的。果然以后几天内，园子内便少了这位贵客了。我们从此少了一件工作，便清闲快乐起来。

几天后一个猎人路过，他的枪杆上挂着一头长脚鸟。我一眼便认得是我们曾经豢养的鹭，我跑上前去细看，果然是的。这回弹子打中了头颈，已经死了。它的左翼上赫然有着结痂的疮疤。我忽然难受起来，问道：

"你的长脚鹭鸶是哪里打来的？"

"就在那松林前面的溪边上。"

"鹭鸶肉是腥臭的，你打它干什么？"

"我不过玩玩罢了。"

"是飞着打还是站着的时候打的？"

"是走着的时候打的。它看到我的时候，不但不怕，还拍着翅膀向我走近哩。"

"因为我养过它，所以不怕人。"

"真的吗？"

"它左翼上还有一个伤疤，我认得的。"

"那么给你好了。"他卸下枪端的鸟。

"不要，我要活的。"

"胡说，死了还会再活吗？"他又把它挂回枪头。

我似乎觉得鼻子有点发酸，便回头奔回家去。恍惚中我好像看见那只白鹭，被弃在沙滩上，日日等候它的主人，不忍他去，看见有人来了，迎上前去，但它所接受的不是一尾鱼而是一颗子弹。因之我想到鹭也是有感情的动物，以鹤的身份被豢养，以鹭的身份被驱逐，我有点不公平吧。

（选自《囚绿记》，文化生活出版社，1940年版）

手杖

——棕榈轩詹言之十

王了一

　　自从有了人类，应该就有了手杖。我们想象盘古氏老了，一定也非杖不行。甚至神仙老了也离不了手杖，不信请看书上画的南极仙翁，不是也倚着鸠杖吗？依照希腊神话，厄狄帕斯在路上遇见了人首狮身的史芬克斯，史芬克斯给他猜一个谜子，如果猜不着就要吃了他。那谜子是："有一种动物，早上用四只脚走路，中午用两只脚走路，晚上用三只脚走路，这动物是什么？"厄狄帕斯猜着是人的幼年、壮年和老年，史芬克斯真的投海而死。由此看来，手杖乃是老年人不可须臾离的第三只脚。

　　手杖本是老年人的东西，所以《礼记·王制》上说："五十杖于家，六十杖于乡，七十杖于国，八十杖于朝。"从《王制》

中看，拿手杖是颇欠礼貌的事情，所以不满六十岁的人，只能在家里拿手杖。直至六十以后，才可以倚老卖老，招摇过市。现在文明时代可不同了，若不是"二十杖于家"，至少是"三十杖于街"。手杖的功用也大不相同，并非用它来帮助脚力，而是用它来表现神气。这和不近视的人戴眼镜、不吸烟的人衔雪茄，用意是差不多的。洋式的手杖刚传到上海的时候，上海人有三句口号："眼上克罗克，嘴里茄力克，手里司的克！"有了这三"克"，俨然外国绅士，大可以高视阔步了。

"三十杖于街"的人，就姿势而论，还可分为三种。第一种人昂头挺胸，手杖离地三寸，如张翼德和他的丈八蛇矛；第二种人身轻如燕，手杖左右摆动，如孙悟空和他的金箍棒；第三种人壮年龙钟，手杖拄地而行，如佘太君辞朝。第一种人最神气，真可使得"长坂桥边水逆流"；第二种人则未免令人有轻佻之感；至于第三种人，在只该用两只脚走路的年龄就用了第三只脚，非但毫无神气之可言，而且显得未老先衰，丑态可掬了。

我近来丢了一根十五年相依为命的手杖，虽然未免伤心，却也颇能强词以自慰。因为我年逾四十，张翼德的神气是够不上了（或者始终不曾有过），而又不甘心学那孙悟空弄棒和佘太君辞朝。索性凭着两条腿走路，倒也优游自在。至于山村防狗、荒野防蛇，不妨就随便拿一根棍子，既合实用，又避免了摆架子的嫌疑。等到二三十年后，变了恃杖而行的触詟，然后选良木，刻龙头，制造第三只脚，还不算太晚呢。

一九四四年八月二十七日昆明《中央日报》增刊

（选自《龙虫并雕斋琐语》，中国社会科学出版社，1982年版）

下棋

梁实秋

有一种人我最不喜欢和他下棋，那便是太有涵养的人。杀死他一大块，或是抽了他一个车，他神色自若，不动火，不生气，好像是无关痛痒，使得你觉得索然寡味。君子无所争，下棋却是要争的。当你给对方一个严重威胁的时候，对方的头上青筋暴露，黄豆般的汗珠一颗颗地在额上陈列出来，或哭丧着脸作惨笑，或咕嘟着嘴做吃屎状，或抓耳挠腮，或大叫一声，或长吁短叹，或自怨自艾，口中念念有词，或一串串的噎嗝打个不休，或红头涨脸如关公，种种现象，不一而足，这时节你"行有余力"便可以点起一支烟，或啜一碗茶，静静地欣赏对方的"苦闷的象征"。我想猎人困逐一只野兔的时候，其愉快大概略相仿佛。因此我悟出一点道理，和人下棋的时候，如果有机会使对方受窘，当然无所不用其极，如果被对方所窘，便努力做出不介意状，因为既不能积极地给对方以苦痛，只好消极地减少对方的乐趣。

自古博、弈并称，全是属于赌的一类，而且只是比"饱食终日，无所用心"略胜一筹而已。不过弈虽小术，亦可以观人。相传有慢性人，见对方走当头炮，便左思右想，不知是跳左边的马好，还是跳右边的马好，想了半个钟头而迟迟不决，急得对方拱手认输。是有这样的慢性人，每一着都要考虑，而且是加慢地考虑，我常想这种人如加入龟兔竞赛，也必定可以获胜。也有性急的人，下棋如赛跑，劈劈拍拍，草草了事，这仍旧是"饱食终日，无所用心"的一贯作风。下棋不能无争，争的范围有大有小，有斤斤计较而因小失大者，有不拘小节而眼观全局者，有短兵相接作生死斗者，有各自为战而旗鼓相当者，有赶尽杀绝、一步不让者，有好勇斗狠、同归于尽者，有一面下棋、一面诮骂者，但最不幸的是争的范围超出了棋盘，而拳足交加。有下象棋者，久而无声响，排闼视之，阒不见人，原来他们是在门后角里扭作一团，一个人骑在另一个人的身上，在他的口里挖车呢。被挖者不敢出声，出声则口张，口张则车被挖回，挖回则必悔棋，悔棋则不得胜，这种认真的态度憨得可爱。我曾见过二人手谈，起先是坐着，神情潇洒，望之如神仙中人，俄而棋势吃紧，两人都站起来了，剑拔弩张，如斗鹌鹑，最后到了生死关头，两个人都跳到桌上去了！

笠翁《闲情偶寄》说弈棋不如观棋，因观者无得失心。观棋是有趣的事，如看斗牛、斗鸡、斗蟋蟀一般，但是观棋也有难过处，观棋不语是一种痛苦。喉间硬是痒得出奇，思一吐为快。看见一个人要入陷阱而不作声是几乎不可能的事，如果说得中肯，其中一个人要厌恨你，暗暗地骂一声："多嘴驴！"另一个人也不感激你，心想："难道我还不晓得这样走？"如果说得不中肯，两个人要一齐嗤之以鼻："无见识奴！"如果根本不说，憋在心里，受病。所以有人于挨了一个耳光之后还要抚着热辣辣的嘴巴大呼："要抽车，要抽车！"

下棋只是为了消遣，其所以能使这样多的人嗜此不疲者，是因为它颇合于人类好斗的本能，这是一种"斗智不斗力"的游戏。所以瓜棚豆架之下，与世无争的村夫野老不免一枰相对，消此永昼；闹市茶寮之中，常有有闲阶级的人士下棋消遣，"不为无益之事，何以遣此有涯之生？"宦海里翻过身、最后退隐东山的大人先生们，髀肉复生，而英雄无用武之地，也只好闲来对弈，了此残生，下棋全是"剩余精力"的发泄。人总是要斗的，总是要勾心斗角地和人争逐的。与其和人争权夺利，还不如在棋盘上多占几个官；与其招摇撞骗，还不如在棋盘上抽上一车。宋人笔记曾载有一段故事："李讷仆射，性卞急，酷尚奕棋，每下子安详，极于宽缓。往往躁怒作，家人辈则密以奕具陈于前，讷睹，便忻然改容，以取其子布弄，都忘其恚矣。"（《南部新书》）下棋，有没有这样陶冶性情之功，我不敢说，不过有人下起棋来确实是把性命都可置之度外。我有两个朋友下棋，警报作，不动声色，俄而弹落，棋子被震得在盘上跳荡，屋瓦乱飞，其中一位棋瘾较小者变色而起，被对方一把拉住，"你走！那就算是你输了"。此公深得棋中之趣。

（选自《雅舍小品》，上海书店，1987年影印本）

鸟

梁实秋

我爱鸟。

从前我常见提笼架鸟的人，清早在街上蹓跶（现在这样有闲的人少了）。我感到兴味的不是那人的悠闲，却是那鸟的苦闷。胳膊上架着的鹰，有时头上蒙着一块皮子，羽翮不整地蜷伏着不动，哪里有半点瞵视昂藏的神气？笼子里的鸟更不用说，常年地关在栅栏里，饮啄倒是方便，冬天还有遮风的棉罩，十分的"优待"，但是如果想要"抟扶摇而直上"，便要撞头碰壁。鸟到了这种地步，我想它的苦闷，大概是仅次于粘在胶纸上的苍蝇，它的快乐大概是仅优于在标本室里住着吧？

我开始欣赏鸟，是在四川。黎明时，窗外是一片鸟啭，不是吱吱喳喳的麻雀，不是呱呱噪啼的乌鸦，那一片声音是清脆的，是嘹亮的，有的一声长叫，包括着六七个音阶，有的只是一个声音，圆润而不觉其单调，有时是独奏，有时是合唱，简直是一派和谐的交响乐。不知有多少个春天的早晨，这样的鸟声把我从梦境唤起。等到旭日高升、市声鼎沸，鸟就沉默了，不知到哪里去了。一直等到夜晚，才又听到杜鹃叫，由远叫到近，由近叫到远，一声急似一声，竟是凄绝的哀乐。客夜闻此，说不出的酸楚！

　　在白昼，听不到鸟鸣，但是看得见鸟的形体。世界上的生物，没有比鸟更俊俏的。多少样不知名的小鸟，在枝头跳跃，有的曳着长长的尾巴，有的翘着尖尖的长喙，有的是胸襟上带着一块照眼的颜色，有的是飞起来的时候才闪露一下斑斓的花彩。几乎没有例外的，鸟的身躯都是玲珑饱满的，细瘦而不干瘪，丰腴而不臃肿，真是减一分则太瘦、增一分则太肥那样的秾纤合度，跳荡得那样轻灵，脚上像是有弹簧。看它高踞枝头，临风顾盼——好锐利的喜悦刺上我的心头。不知是什么东西惊动它了，它倏地振翅飞去，它不回顾，它不悲哀，它像虹似的一下就消逝了，它留下的是无限的迷惘。有时候稻田里伫立着一只白鹭，拳着一条腿，缩着颈子，有时候"一行白鹭上青天"，背后还衬着黛青的山色和釉绿的梯田。就是抓小鸡的鸢鹰，啾啾地叫着，在天空盘旋，也有令人喜悦的一种雄姿。

　　我爱鸟的声音、鸟的形体，这爱好是很单纯的，我对鸟并不存任何幻想。有人初闻杜鹃，兴奋地一夜不能睡，一时想到"杜宇""望帝"，一时又想到啼血，想到客愁，觉得有无限的诗意。我曾告诉他事实上全不是这样的。杜鹃原是很健壮的一种鸟，比一般的鸟魁梧得多，扁嘴大口，并不特别美，而且自己不知构巢，依仗体壮力大，硬把卵下在别个的巢里，如果巢里已有了够多的卵，便不客气地给挤落下去，孵育的责任由别个代负了，孵出来之后，羽毛渐丰，就可把巢据为己有。那人听了我的话之后，对于这豪横无情的鸟，再也不能幻出什么诗意来了。我想济慈的"夜莺"，雪莱的"云雀"，还不都是诗人自我的幻想，与鸟何干？

鸟并不永久地给人喜悦，有时也给人悲苦。诗人哈代在一首诗里说，他在圣诞的前夕，炉里燃着熊熊的火，满室生春，桌上摆着丰盛的筵席，准备着过一个普天同庆的夜晚。蓦然看见在窗外一片美丽的雪景当中，有一只小鸟踽踽缩缩地在寒枝的梢头踞立，正在啄食一颗残余的僵冻的果儿，禁不住那料峭的寒风，栽到地上死了，滚成一个雪团！诗人感谓曰："鸟！你连这一个快乐的夜晚都不给我！"我也有过一次类似的经验，在东北的一间双重玻璃窗的屋里，忽然看见枝头有一只麻雀，战栗地跳动抖擞着，在啄食一块干枯的叶子。但是我发现那麻雀的羽毛特别的长，而且是蓬松戟张着的，像是披着一件蓑衣，立刻使人联想到那垃圾堆上的大群褴褛而臃肿的人，那形容是一模一样的。那孤苦伶仃的麻雀，也就不暇令人哀了。

自从离开四川以后，不再容易看见那样多类型的鸟的跳荡，也不再容易听到那样悦耳的鸟鸣。只是清早遇到烟突冒烟的时候，一群麻雀挤在檐下的烟突旁边取暖，隔着窗纸有时还能看见伏在窗棂上的雀儿的映影。喜鹊不知逃到哪里去了。带哨子的鸽子也很少看见在天空打旋。黄昏时偶尔还听见寒鸦在古木上鼓噪，入夜也还能听见那像哭又像笑的鸱鸮的怪叫。再令人触目的就是那些偶然一见的囚在笼里的小鸟儿了，但是我不忍看。

（选自《雅舍小品》，上海书店，1987年影印本）

南京的骨董迷

方令孺

　　有一班住在南京稍久的人，看见这里变成日渐繁荣的都市，心上很觉得不安，谁都在心坎上留着一个昔日荒凉的古城的影子，像怀念一个老友似的，看见一切都在渐渐变更了，心里就起了一股怨气，真像对一个老朋友说你"不念携手好，弃我如遗迹"一样的悲伤。每逢走出家门，总找那些没有开辟的小路走，眯着眼笑，说：这还是十年前的古城呢。因此××庙的附近常常看见这些先生们的影子。××庙原来也有些与从前不同了，但不同的只是庙前的一条河，画船少了，笙歌歇了，再没有满楼红袖招人。至于那些古旧的茶寮、香味扑鼻的炒货店、随地招揽生意的花摊，仍都充满了乡下、城里各种偷闲的人。还有从几座高楼上送下的胡琴、檀板伴着凄凉慷慨的歌声，听的人简直疑心他们个个都是江南李龟年，因此生出无限的兴感，都和在浓茶烧饼的香味中细细咀嚼着吞下。最吸引这班先生的是一些骨董铺，对于那些斑斓破碎的旧瓦缶、旧陶器尤觉珍贵非常。

"先生，这是新近才掘出来的，"骨董店老板拿着一个四耳瓶说，"瞧这瓶，只口上有点儿破缺，釉子可多么细润，真是宋朝的东西，您拿去吧，价钱也不会错，您瞧着给吧。"这种瓶起初确不很贵，有时只花一块钱就可买得，买的人也就对此发生兴趣，骨董铺也就可以为招摇了。

在许多斑斓破碎的旧瓦缶、旧瓷器的中间，有时会突然发现稀有的东西，像××买得的唐雕大佛头只花数十元。于是有懊悔没有先发现的，有默默羡慕的，有带着讽刺来批评的。各种人之间有一位先生又去暗暗搜觅，果然也得了一尊较小而遒美异常的另一个佛头，于是又起了一阵比较、批评、谈论、骄傲。有的说："大佛头可比作汉魏文章，小佛头可比作六朝小品。"为了争较这句话，大家又赌酒哄笑，以至忘记了这个新的都市了。

不知道从什么地方来了一批宋瓷碗，有人说是江南铁路造路时在城外附近掘出一个碗库，里面重重叠叠，不知道有几千个：上一层压碎了，下一层还是这样完好如新。碗的式样是底小口大，确系宋碗形式，又颜色除彩花、净白、鹅黄以外，有一种青色。按北宋柴窑有几句名言就是："青如天，明如镜，薄如纸，声如磬。"拿这种青色碗与这名言对照，的确是这样轻薄透明，而且轻轻一敲就发生如古庙钟声一样幽远好听的声音。

头一个发现的人还是什么收藏家，把这种碗照样置版，并附了一篇考据的长文登在某大学刊物上，一时惊为稀有之奇珍。从此在积雪的狭巷里，在深暗的骨董铺中，不断有这班先生的踪迹了。大家互相介绍，互相争取，一时热闹，不可以言喻。

有一回有四个人到骨董店去找碗。老板拿出两个小巧的绿色凸梅花的小碗。这四个人中间，谁先抢到谁就死捏着不放，那一个没有抢到的就向他说："你前天不是已经买到一件好东西了吗？这个应当让给我。"但是先拿的人还是死捏着不放松。谁肯让？这个求让不得的人就飞跑到另一个人身边，乘其不在意的时候，把他正拿在手里观摩的碗，猛然抢来，买下了。骨董铺老板见这种情形，怎么不把价提得异常高呢？

一年过去了，不知有多少人都买这种碗，就是后来被选择剩下的，也有人全包了去，素来不玩骨董的人，也要买几个，作为奇货可居。后来骨董店还是源源不断地有得来，这可怪了，那定是什么神库吧，怎么这样像奇迹一般的取之无尽呢？于是怀疑、考察、研究都来了。结果所谓柴窑，所谓宋瓷，都是仿古假造的。到底是从什么地方，是什么人假造，也还没有一个确实的证据。从前所争买这些的先生们只有彼此相顾哑然。究竟谁上了谁的当呢？只有各自咨嗟，各自隐恨而已。到底得大佛头的先生心中有所慰藉，不是为了搜觅宋瓷，也不会得着那个大佛头。另一位先生也倒不灰心，索性把兴趣集中到陶器上，所以一直到现在还是没有一天不看见他徘徊于骨董铺里，搬些破碎的、完整的、圆的、扁的、长的、短的瓦当、土罐回到家中，现在已有几百件，楼上、楼下、桌椅、几凳上无处不是，怕将来要专造一座仓库来收藏吧。现在这位先生正预备写一本陶器源流史，我们且企予望之。

（选自《方令孺散文选集》，上海文艺出版社，1982年版）

生活之艺术

周作人

契诃夫（Tshekhov）书简集中有一节道（那时他在爱珲附近旅行），"我请一个中国人到酒店里喝烧酒，他在未饮之前举杯向着我和酒店主人及伙计们，说道：'请。'这是中国的礼节。他并不像我们那样的一饮而尽，却是一口一口地啜，每啜一口，吃一点东西，随后给我几个中国铜钱，表示感谢之意。这是一种怪有礼的民族。……"

一口一口地啜，这的确是中国仅存的饮酒的艺术：干杯者不能知酒味，泥醉者不能知微醺之味。中国人对于饮食还知道一点享用之术，但是一般的生活之艺术却早已失传了。中国生活的方式现在只是两个极端，非禁欲即是纵欲，非连酒字都不准说即是浸身在酒槽里，二者互相反动，各益增长，而其结果则是同样的污糟。动物的生活本有自然的调节，中国在千年以前文化发达，一时颇有臻于灵肉一致之象，后来为禁欲思想所战胜，变成现在这样的生活，无自由、无节制，一切在礼教的面具底下实行迫压与放恣，所谓礼者实在早已消灭无存了。

生活不是很容易的事。动物那样的，自然地简易地生活，是其一法；把生活当作一种艺术，微妙地美地生活，又是一法：二者之外别无道路，有之则是禽兽之下的乱调的生活了。生活之艺术只在禁欲与纵欲的调和。蔼理斯对于这个问题很有精到的意见，他排斥宗教的禁欲主义，但以为禁欲亦是人性的一面，欢乐与节制二者并存，且不相反而实相成。人有禁欲的倾向，即所以防欢乐的过量，并即以增欢乐的程度。他在《圣芳济与其他》一篇论文中曾说道，"有人以此二者（即禁欲与耽溺）之一为其生活之唯一目的者，其人将在尚未生活之前早已死了。有人先将其一（耽溺）推至极端，再转而之他，其人才真能了解人生是什么，日后将被纪念为模范的高僧。但是始终尊重这二重理想者，那才是知生活法的明智的大师。……一切生活是一个建设与破坏、一个取进与付出、一个永远的构成作用与分解作用的循环。要正当地生活，我们须得模仿大自然的豪华与严肃。"他又说过，"生活之艺术，其方法只在于微妙地混和取与舍二者而已"，更是简明地说出这个意思来了。

生活之艺术这个名词，用中国固有的字来说便是所谓礼。斯谛耳博士在《仪礼》序上说，"礼节并不单是一套仪式，空虚无用，如后世所沿袭者。这是用以养成自制与整饬的动作之习惯，唯有能领解万物感受一切之心的人才有这样安详的容止"。从前听说辜鸿铭先生批评英文《礼记》译名的不妥当，以为"礼"不是 Rite 而是 Art，当时觉得有点乖僻，其实却是对的，不过这是指本来的礼，后来的礼仪、礼教都是堕落了的东西，不足当这个称呼了。中国的礼早已丧失，只有如上文所说，还略存于茶酒之间而已。去年有西人反对上海禁娼，以为妓院是中国文化所在的地方，这句话的确难免有点荒谬，但仔细想来也不无若干理由。我们不必拉扯唐代的官妓、希腊的"女友"（Hetaira）的韵事来做辩护，只想起某外国人的警句，"中国挟妓如西洋的求婚，中国娶妻如西洋的宿娼"，或者不能不感到《爱之术》（*Ars Amatoria*）真是只存在于草野之间了。我们并不同某西人那样要保存妓院，只觉得在有些怪论里边，也常有真实存在罢了。

中国现在所切要的是一种新的自由与新的节制，去建造中国的新文明，也就是复兴千年前的旧文明，也就是与西方文化的基础之希腊文明相合一了。这些话或者说得太大太高了，但据我想舍此中国别无得救之道，宋以来的道学家的禁欲主义总是无用的了，因为这只足以助成纵欲而不能收调节之功。其实这生活的艺术在有礼节、重中庸的中国本来不是什么新奇的事物，如《中庸》的起头说，"天命之谓性，率性之谓道，修道之谓教"，照我的解说即是很明白的这种主张，不过后代的人都只拿去讲章旨、节旨，没有人实行罢了。我不是说半部《中庸》可以济世，但以表示中国可以了解这个思想。日本虽然也很受宋学的影响，生活上却可以说是承受平安朝的系统，还有许多唐代的流风余韵，因此了解生活之艺术也更是容易。在许多风俗上，日本的确保存这艺术的色彩，为我们中国人所不及，但由道学家看来，或者这正是他们的缺点也未可知吧。

十三年十一月

（选自《雨天的书》，北新书局，1925年版）

谈"流浪汉"

梁遇春

当人生观论战已经闹个满城风雨，大家都谈厌烦了，不想再去提起的时候，我一天忽然写一篇短文，叫作《人死观》。这件事实在有些反动嫌疑，而且该挨思想落后的罪名，后来仔细一想，的确很追悔。前几年北平有许多人讨论 Gentleman 这字应该要怎么样翻译才好，现在是几乎谁也不说这件事了，我却又来喋喋，谈那和"君子"（Gentleman）正相反的"流浪汉"（Vagabond），将来恐怕免不了自悔。但是想写文章的时候，哪能够顾到那么多呢？

Gentleman 这字虽然难翻，可是还不及 Vagabond 这字那样古怪，简直找不出适当的中国字眼来。普通的英汉字典都把它翻作"走江湖者""流氓""无赖之徒""游手好闲者"……但是我觉得都丢失了这个字的原意。Vagabond 既不像走江湖的卖艺为生，也不是流氓的那种一味敲诈，"无赖之徒""游手好闲者"都带有贬骂的意思，Vagabond 却是种可爱的人儿。在此无可奈何的时候，我只好暂用"流浪汉"三字来翻，自然也不是十分合适的。我以为 Gentleman、Vagabond 这些字之所以这么刁钻古怪，是因为它们被人们活用得太久了，原来的意义早已消失，于是每个人用这个字的时候都添些自己的意思，这字的含义便越大，更加好活用了。因此在中国寻不出一个能够引起那么多的联想的字来。本来 Gentleman、Vagabond 这两个字和财产都有关系的，一个是拥有财产、丰衣足食的公子，一个是毫无恒产、四处飘零的穷光蛋。因为有钱，自然能够受良好的教育，行动举止也温文尔雅，谈吐也就蕴藉不俗，更不至于跟人锱铢必较、言语冲撞了。Gentleman 这字的意义就由世家子弟一变变作斯文君子，所以现在我们不管一个人出身的贵贱、财产的有无，只要他的态度是温和，做人很正直，我们都把他当作 Gentleman。一班穷酸的人们被人冤枉的时节，也可以答辩道："我虽然穷，却是个 Gentleman。"Vagabond 这个字意义的演化也经过了同样的历程。本来只指那班什么财产也没有，天天随便混过去的人们。他们既没有一定的职业，有时或者也干些流氓的勾当。但是他们整天随遇而安，倒也无忧无虑，他们过惯了放松的生活，所以就是手边有些钱，也是糊里糊涂地用光，对人们当然是很慷慨的。他们没有身家之虑，做事也就痛痛快快，并不像富人那种畏首畏尾，瞻前顾后。酒是大杯地喝下去，话是随便地信口开河，有时也胡诌些有趣味的谎语。他们万事不关怀，天天笑呵呵，规矩的人们背后说他们没有责任心。他们与世无忤，既不会桌上排着一斗黄豆、一斗黑豆，打算盘似的整天数自己的好心思和坏心思，也不会皱着眉头，弄出连环巧计来陷害人们。他们的行为是糊涂的，他们的心肠是好的。他们是大个儿顽皮小孩，可是也带了小孩的天真。他们脑里存了不少奇奇怪怪的幻想，满脸春风，老是笑眯眯的，一些机心也没有。……我们现在把凡是带有这种心情的人们都叫作 Vagabond，就是他们是王侯将相的子孙，平生没有离开过家乡也不碍事。他们和中国古代的侠客有些相像，可是他们又不像侠客那样朴刀横腰，给夸大狂迷住，一脸凶气，走遍天下专为打不平。他们对于伦理观念，没有那么死板地痴痴执着。我不得已只好翻作"流浪汉"，流浪是指流浪的心情，所以我所赞美的流浪汉或者同守深闺的小姐一样，终身未出乡里一步。

英国十九世纪末叶诗人和小品文作家斯密士（Alexander Smith）对于流浪汉是无限地颂扬。他有一段描写流浪汉的文章，说得很妙。他说："流浪汉对于许多事情的确有他的特别意见。比如他从小是同密尼表妹一起养大，心里很爱她，而她在小孩时候对于他的感情也是跟着年龄热烈起来，他俩结合后大概也可以好好地过活，他一定把她娶来，并没有考虑到他们的收入将来能够不能够允许他请人们来家里吃饭或者时髦地招待朋友。这自然是太鲁莽了。可是对于流浪汉，你是没法子说服他。他自己有他一套再古怪不过的逻辑（他自己却以为是很自然的推论），他以为他是为自己娶亲的，并不是为招待他的朋友的缘故。他把得到一个女人的真心同纯洁的胸怀，比袋里多一两镑钱看得重得多。规矩的人们不爱流浪汉。那班膝下有还未出嫁姑娘的母亲特别怕他——并不是因他为子不孝，或者将来不能够做个善良的丈夫，或者对朋友不忠，但是他的手不像别人的手，总不会把钱牢牢地握着。他对于外表丝毫也不讲究。他结交朋友，不是因为他们有华屋美酒，却是爱他们的性情，他们的好心肠，他们讲笑话、听笑话的本领，以及许多别人看不出的好处。因此他的朋友是不拘一类的，在富人的宴会里却反不常见到他的踪迹。我相信他这种流浪态度使他得到许多好处。他对于人生的稀奇古怪的地方都有接触过。他对于人性晓得便透彻，好像一个人走到乡下，有时舍开大路，去凭吊荒墟古冢，有时在小村逆旅休息，路上碰到人们也攀谈起来，这种人对于乡下自然比那坐在四轮马车里骄傲地跑过大道的知道得多。我们因为这无理的骄傲，丢失了不少见识。一点流浪汉的习气都没有的人是没有什么价值的。"斯密士说到流浪汉的成家立业的法子，可见现在所谓的流浪汉并不限于那无家可归、脚跟如蓬转的人们。斯密士所说的只是一面，让我再由另一个观察点——流浪汉和 Gentleman 的比较——来论流浪汉，这样子一些一些凑起来，或者能够将流浪汉的性格描摹得很完全，而且流浪汉的性格复杂万分（汉既以流浪名，自不是安分守己、方正简单的人们），绝不能一气说清。

英国文学里分析 Gentleman 的性格最明晰深入的文章，公推是那位叛教分子纽门（G. H. Newman）的《大学教育的范围同性质》。纽门说："说一个人他从来没有给别人以苦痛，这句话几乎可以做'君子'的定义……'君子'总是从事于除去许多障碍，使同他接近的人们能够自然地随意行动；'君子'对于他人的行动是取赞同、合作的态度，自己却不愿开首主动……真正的'君子'极力避免使同他在一块的人们心里感到不快或者颤震，以及一切意见的冲突或者感情的碰撞，一切拘束、猜疑、沉闷、怨恨。他最关心的是使每个人都很随便安逸，像在自己家里一样。"这样小心翼翼的君子我们当然很愿意和他们结交，但是若使天下人都是这么我让你，你体贴我，忸忸怩怩地，谁也都是捧着同情等着去附和别人的举动，可是谁也不好意思打头阵，你将就我，我将就你，大家天天只有个互相将就的目的，此外是毫无成见的，这种的世界和平固然很和平，可惜是死国的和平。迫得我们不得不去欢迎那豪爽英迈、勇往直前的流浪汉。他对于自己一时兴到想干的事趣味太浓厚了，只知道口里吹着调子，放手做去，既不去打算这事对人是有益是无益，会成功还是容易失败，自然也没有虑及别人的心灵会不会被他搅乱，而且"君子"们袖手旁观，本是无可无不可的，大概总会戴着白手套轻轻地鼓掌。流浪汉干的事情不一定对社会有益，造福于人群，可是他那股天不怕、地不怕、不计得失、不论是非的英气总可以使这麻木的世界呈现些许生气，给"君子"们以赞助的材料，免得"君子"们整天掩着手打呵欠（流浪汉才会痛快地打呵欠，"君子"们总是像林黛玉那样子抿着嘴儿）找不出话讲，我承认偷情的少女、再嫁的寡妇都是造福于社会的，因为没有她们，那班贞洁的小姐、守节的孀妇就丢失了谈天的材料，也无从来赞美自己了。并且流浪汉整天瞎闹过去，不仅目中无人，简直把自己都忘却了。真正的流浪汉之所以不会引起人们的厌恶，是因为他已经做到无人无我的境地，那一刹那间的冲动是他唯一的指导，他自己爱笑，也喜欢看别人的笑容，别的他什么也不管了。"君子"们处处为他人着想，弄得不好，反使别人怪难受，倒不如流浪汉的有饭大家吃，有酒大家喝，有话大家说，先无彼此之分，人家自然会觉得很舒服，就是有冲撞的地方，也可以原谅，而且由这种天真的冲撞更可以见流浪汉的毫无机心。真是像中国旧文人所爱说的"文章本天成，妙手偶得之"，流浪汉任性顺情，万事随缘，丝毫没有想到他人，人们却反觉得他是最好的伴侣，在他面前最能够失去世俗的拘束，自由地行动。许多人爱流连在乌烟瘴气的酒肆小茶店里，不愿意去高攀坐在王公大人们客厅的沙发上，一班公子哥儿喜欢跟马夫下流人整天搭伙，不肯到他那客气温和的亲戚家里走走，都是这种道理。纽门又说："君子知道得很清楚，人类理智的强处同弱处、范围同限制。若使他是个不信宗教的人，他是太精明太雅量了，绝不会去嘲笑或者反宗教；他太智慧了，不会武断地或者热狂地反教。他对于虔敬同信仰有相当的尊敬：有些制度他虽然不肯赞同，可是他还以为这些制度是可敬的、良好的或者有用的；他礼遇牧师，自己仅仅是不谈宗教的神秘，没有去攻击否认。他是信教自由的赞助者，这并不只是因为他的哲学教他对于各种宗教一视同仁，一半也是由于他的性情温和近于女性，凡是有文化的人们都是这样。"这种人修养功夫的确很到家，可谓火候已到，丝毫没有火气，但是同时也失去活气，因为他所磨炼去的火是 Prometheus 由上天偷来做人们灵魂用的火。十八世纪第一画家 Reynolds 是位脾气顶好的人，他的密友约翰生（就是那位麻脸的胖子）一天对他说："Reynolds 你对于谁也不恨，我却爱那善于恨人的人。"约翰生伟大的脑袋里蕴蓄有许多对于人生微妙的观察，他通常冲口而出的牢骚都是入木三分的慧话。恨人恨得好（A good hater）真是一种艺术，而且是人人不可不讲究的。我相信不会热烈地恨人的人也不知道怎的热烈地爱人。流浪汉知道如何恨人，如何爱人。他对于宗教不是拼命地相信，就是尽力地嘲笑。Donne、Herrick、Cellini 都是流浪汉气味十足的人，他们对于宗教都有狂热；Voltaire、Nietzsche 这班流浪汉就用尽俏皮的词句，热嘲冷讽，掉尽枪花，来讥骂宗教。在人生这幕悲剧的喜剧或者喜剧的悲剧里，我们实在应该旗帜分明地对于一切不是打倒，就是拥护，否则到处妥协，灰色地独自踯躅于战场之上，未免太单调了、太寂寞了。我们既然知道人类理智的能力是有限的，那么又何必自作聪明，僭居上帝的地位，盲目地对于一切主张都持个大人听小孩说梦话的态度，保存一种白痴的无情脸孔，暗地里自夸自己的眼力不差，晓得可怜同原谅人们低弱的理智。真真对于人类理智力的薄弱有同情的人是自己也加入，跟着人们胡闹，大家一起乱来，对人们自然会有无限同情。和人们结伙走上错路，大家当然能够不言而喻地互相了解。当浊酒三杯过后，大家拍桌高歌，莫名其妙地相视而笑，莫逆于心，那时人们才有真正的同情，对于人们的弱点有愿意的谅解，并不像"君子"们的同情后面常带有我佛如来怜悯众生的冷笑。我最怕那人生的旁观者，所以我对于厚厚的《约翰生传》会不倦地温读，听人提到 Addison 的《旁观报》就会皱眉，虽然我也承认他的文章是珠圆玉润，修短适中，但是我怕他那像死尸一般的冰冷。纽门自己说"君子"的性情温和近于女性（The gentleness and effeminacy of feeling），流浪汉虽然没有这类在台上走 S 式步伐的旖旎风光，他却具有男性的健全。他敢赤身露体地和生命肉搏，打个你死我活。不管流浪汉的结果如何，他的生活是有力的、充满趣味的，他没有白过一生，他尝尽人生的各种味道，然后再高兴地去死的国土里遨游。这样在人生中的趣味无穷、翻身打滚的态度，已经值得我们羡慕，绝不是女性的"君子"所能晓得的。

耶稣说过："凡想要保全生命的，必丧掉生命。凡丧掉生命的，必救活生命。"流浪汉无时不是只顾目前的痛快，早把生命的安全置之度外，可是他却无时不尽量地享受生之乐。守己安分的人们天天守着生命，战战兢兢，只怕丢失了生命，反把生命真正的快乐完全忽略，到了盖棺论定，自己才知道白宝贵了一生的生命，却毫无享受到生命的好处，可惜太迟了，连追悔的时候都没有。他们对于生命好似守财奴的念念不忘于金钱，不过守财奴还有夜夜关起门来、低着头数血汗换来的钱财的快乐，爱惜生命的人们对于自己的生命，只有刻刻不忘的担心，连这种沾沾自喜的心情也没有，守财奴为了金钱的缘故还肯牺牲了生命，比那什么想头也消失了、光会顾惜自己皮肤的人们到底是高一等，所以上帝也给他那份应得的快乐。用句罗素的老话，流浪汉对于自己的生命不取占有的冲动，而是被创造冲动的势力鼓舞着。实在说起来，宇宙间万事万物流动不息，哪里真有常住的东西。只有灭亡才是永存不变的，凡是存在的天天总脱不了变更，这真是"法轮常转"。Walter Pater 在他的《文艺复兴研究》的结论里曾将这个意思说得非常美妙，可惜写得太好了，不敢翻译。尤其生命是瞬刻之间变幻万千的，不跳动的心是属于死人的。所以除非顺着生命的趋势，高兴地什么也不去管地往前奔，人们绝不能够享受人生。近代小品文家 Jackson 在他那篇论"流浪汉"文里说："流浪汉如入生命的波涛汹涌的狂潮里生活。"他不把生命紧紧地拿着（普通人将生命握得太紧，反把生命弄僵化死了），却做生命海中的弄潮儿，伸开他的柔软身体，跟着波儿上下，他感觉到处处触着生命，他身内的热血也起共鸣。最能够表现流浪汉这种精神的是美国放口高歌、不拘韵脚的惠提曼（Walt Whitman）。他那本诗集《草之叶》（*Leaves of Grass*）里，句句诗都露出流浪汉的本色，真可说是流浪汉的《圣经》。流浪汉的生活之所以那么有味，一半也是由于他们的生活是很危险的。踢足球，当兵，爬悬崖峭壁……之所以会那么饶有趣味，危险性也是一个主因。在这个单调寡趣、平淡无奇的人生里，凡有血性的人们常常觉到不耐烦，听到旷野的呼声，原人时代啸游山林、到处狩猎的自由化作我们的本能，潜伏在黑礼服的里面，因此我们时时想出外涉险，得个更充满的不羁生活。万顷波涛的大海谁也知道覆灭过无千无数的大船，可是年年都有许多盎格罗萨格逊的小孩恋着海上危险的生涯，宁愿抛弃家庭的安逸，违背父母的劝谕，跑去过碧海苍天中辛苦的水手生涯。海之所以会有那么大的魔力，就是因为它是世上最危险的地方，而身心健全的好汉哪个不爱冒险、爱慕海洋的生活，不仅是一"海上夫人"而已也。所以海洋能够有小说家们像 Marryat、Cooper、Loti、Conrad 等等去描写它，而他们的名著又能够博多数人的同情。蔼理斯曾把人生比作跳舞，若使世界真可说是个跳舞场，那么流浪汉是醉眼蒙眬、狂欢地跳二人旋转舞的人们。规矩的先生们却坐在小桌边无精打采地喝无聊的咖啡，空对着似水的流年惆怅。

　　流浪汉在无限量地享受当前生活之外，他还有丰富的幻想做他的伴侣。Dickens 的《块肉余生述》里面的 Micawber 在极穷困的环境中不断地说"我们快交好运了"，这确是流浪汉的本色。他总是乐观的，走的老是蔷薇的路。他相信前途一定会光明，他的将来果然应了他的预测，因为他一生中是没有一天不是欣欣向荣的；就是悲哀时节，他还是肯定人生，痛痛快快地哭一阵后，他的泪珠已滋养大了希望的根苗。他信得过自己，所以他在事情还没有做出之前，就先口说莲花，说完了，另一个新的冲动又来了，他也忘却自己讲的话，那事情就始终没有干好。这种言行不能一致，孔夫子早已反对在前，可是这类英气勃勃的矛盾是多么可爱！蔼理斯在他名著《生命的跳舞》里说："我们天天变更，世界也是天天变更，这是顺着自然的路，所以我们表面的矛盾有时就全体来看却是个深一层的一致。"（他的话大概是这样，一时记不清楚。）流浪汉跟着自然一团豪兴。想到哪里就说到哪里，他的生活是多么有力。行为不一定是天下一切主意的唯一归宿，有些微妙的主张只待说出已是值得赞美了，做出来或者反见累赘。神话同童话里的世界，哪个不爱，虽然谁也知道这是不能实现的。流浪汉的快语在惨淡的人生上布一层彩色的虹。这就很值得我们谢谢了，并且有许多事情起先自己以为不能胜任，若使说出话来，因此不得不努力去干，倒会出乎意料地成功；倘然开头先怕将来不好，连半句话也不敢露，一碰到障碍，就随它去，那么我们的做事能力不是一天天退化了？一定要言先乎事，做我们努力的刺激，生活才有兴味，才有发展。就是有时失败，富有同情的人们定会原谅，尖酸刻薄的人们的同情是得不到的，并且是不值一文的。

我们的行为全借幻想来提高，所以 Masefield 说，"缺乏幻想能力的人民是会灭亡的"。幻想同矛盾是良好生活的经纬。流浪汉心里想出七古八怪的主意，干出离奇矛盾的事情。什么传统正道也束缚他不住，他真可说是自由的骄子，在他的眼睛里，世界变作天国，因为他过的是天国里的生活。

　　若使我们翻开文学史来细看，许多大文学家全带有流浪汉的气味。Shakespeare 偷过人家的鹿，Ben Jonson、Merlowe 等都是 Mermaid Tavern 这家酒店的老主顾，Goldsmith 吴市吹箫，靠着他的口笛遍游大陆，Steele 整天忙着躲债，Charles Lamb、Leigh Hunt 颠头颠脑，吃大烟的 Coleridge、De Quincey 更不用讲了，拜伦，雪莱，济茨那是谁也晓得的。就是 Wordsworth 那么道学先生神气，他在法国的时候，也有过一个私生女，他有一首有名的十四行诗就是说这个女孩。目光如炬专说精神生活的塔果尔小孩时候最爱的是逃学。Browning 带着人家的闺秀偷跑，Mrs. Browning 违着父亲淫奔，前数年不是有位好事先生考究出 Dickens 年轻时许多不轨的举动，其他如 Swinburne、Stevenson 以及《黄书》杂志那班唯美派作家那是更不用说了。为什么偏是流浪汉才会写出许多不朽的书，让后来"君子"式的大学生整天整夜按部就班地念呢？头一下因为流浪汉敢做敢说，不晓得掩饰求媚，委曲求全，所以他的话真挚动人。有时加上些瞒天大谎，那谎却是那样子大胆子地杜撰的，一般拘谨人和假君子所绝对不取说的，谎言因此有谎言的真实在，这真实是扯谎者的气魄所逼成的。而且文学是个性的结晶，个性越明显，越能够坦白地表现出来，那作品就更有价值。流浪汉是具有出类拔萃的个性的人物，他们的思想同行事全有他们的特别性格的色彩，他们豪爽直截的性情使他们能够把这种怪异的性格跃跃地呈现于纸上。斯密士说得不错，"天才是个流浪汉"，希腊哲学家讲过知道自己最难，所以在世界文学里写得好的自传很少，可是世界中所流传的几本不朽的自传全是流浪汉写的。Cellini杀人不眨眼，并且敢明明白白地记下，他那回忆录（*Memoirs*）过了几千年还没有失去光辉。Augustine 少年时放荡异常，他的忏悔录却同托尔斯泰（他在莫斯科纵欲的事迹也是不可告人的）的忏悔录、卢骚的忏悔录同垂不朽。富兰克林也是有名的流浪汉，不管他怎样假装做正人君子，他那浪子的骨头总常常露出，只要一念 Cobbett 攻击他的文章就知道他是多么古怪的一个人。De Quincey 的《英国一个吃鸦片人的忏悔录》，这个名字已经可以告诉我们那内容了。作《罗马衰亡史》的 Gibbon，他年轻时候爱同教授捣乱，他那本薄薄的自传也是个愉快的读物。Jeffries 一心全在自然的美上面，除开游荡山林外，什么也不注意，他那《心史》是本冰雪聪明、微妙无比的自白。记得从前美国一位有钱的老太太希望她的儿子成个文学家，写信去请教一位文豪，这位文豪回信说："每年给他几千镑，让他自己鬼混去吧。"这实在是培养创造精神的无上办法。我希望想写些有生气的文章的大学生不死滞在文科讲堂里，走出来当一当流浪汉吧。最近半年北大的停课对于中国将来的文坛大有裨益，因为整天没有事只好逛市场、跑前门的文科学生免不了染些流浪汉气息。这种千载一时的机会，希望我那些未毕业的同学们好好地利用，免贻后悔。

前几年才死去的一位英国小说家 Conrad 在他的散文集《人生与文学》内，谈到一位有流浪汉气的作家 Luffmann，说起有许多小女生读他的书以后，写信去向他问好，不禁醋海生波，顾影自怜地（虽然他是老舟子出身）叹道："我平生也写过几本故事（我不愿意无聊地假假自谦）既属纪实，又很有趣。可是没有女人用温柔的话写信给我。为什么呢？只是因为我没有他那种流浪汉气。家庭中可爱的专制魔王对于这班无法无天的人物偏动起怜惜的心肠。"流浪汉确是个可爱的人儿，他具有完全男性，情怀潇洒，磊落大方，哪个怀春的女儿见他不会倾心。俗语说"痴心女子负心汉"，就是因为负心汉全是处处花草颠连的浪子，什么事情都不放在心头，他那痛快淋漓的气概自然会叫那老被人拘在深闺里的女孩儿一见心倾，后来无论他怎的负心，总是痴心地等待着。中古的贵女爱骑士，中国从前的美人爱英雄，总是如花少女对于风尘中飘荡人的一往情深的表现。红拂的夜奔李靖，乌江军帐里的虞姬，随着范蠡飘荡五湖的西施……这些例子也不知道有多少。清朝上海窑子爱姘马夫，现在电影明星姘汽车夫，姨太太跟马弁偷情也是同样的道理。总之流浪汉天生一种叫人看着不得不爱的情调，他那种古怪莫测的行径刚中女人爱慕热情的易感心灵。岂止女人的心见着流浪汉会融，我们不是有许多瞎闹、胡乱用钱、行事乖张的朋友，常常向我们借钱捣乱，可是我们始终恋着他们率直的态度，对他们总是怜爱、帮忙。天下最大的流浪汉是基督教里的魔鬼。可是那个人心里不喜欢魔鬼。在莎士比亚以前英国神话剧盛行时候，丑角式的魔鬼一上场，大家都忙着拍手欢迎，魔鬼的一举一动看客必定跟着捧腹大笑。Robert Lynd 在他的小品文集《橘树》里《论魔鬼》那篇中说："《失乐园》诗所说的撒但在我们想象中简直等于儿童故事里面伟大英猛的海盗。"凡是儿童都爱海盗，许多人念了《密尔敦史诗》，觉得诡谲的撒但比板板的上帝来得有趣得多。魔鬼堪爱的地方太多了，不是随便说得完的，留得将来为文细论。

清末有几位王公贝勒常在夏天下午换上叫花子的打扮，偷跑到什刹海路旁，口唱莲花向路人求乞，黄昏时候才解下百衲衣回王府去。我在北京住了几年，心中很羡慕旗人知道享乐人生，这事也是一个证明。大热天气里躺在柳荫底下，顺口唱些歌儿，自在地饱看来往的男男女女；放下朝服，着半件轻轻的破衫，暂时尝一尝流浪汉生活的滋味，这是多么知道享受人生。戏子的生活也是很有流浪汉的色彩，粉墨登场，去博人们的笑和泪，自己仿佛也变作戏中人物。清末宗室有几位很常上台串演，这也是他们会寻乐的地方。白浪滔天，半生奔走天下，最后入艺者之家，做一个门弟子，他自己不胜感慨，我却以为这真是浪人应得的涅槃。不管中外，戏子、女优必定是人们所喜欢的人物，全靠着他们是社会中最显明的流浪汉。Dickens 的小说之所以会那么出名，每回出版新书的时候，要先通知警察到书店门口守卫，免得购书的人争先恐后打起架来，也是因为他书内的大角色全是流浪汉，Pickwick 俱乐部那四位会员和他们周游中所遇的人们，《双城记》中的 Carton 等等全是第一等的流浪汉。《儒林外史》的杜少卿、《水浒》的鲁智深、《红楼梦》的柳二郎、《老残游记》的补残老是深深地刻在读者的心上，变成模范的流浪汉。

　　流浪汉自己一生快活，并且凭空地布下快乐的空气，叫人们看到他们也会高兴起来，说不出地喜欢他们，难怪有人说："自然创造我们的时候，我们个个都是流浪汉，是这俗世把我们弄成个讲究体面的规矩人。"在这点我要学着卢骚，高呼"返于自然"。无论如何，在这麻木不仁的中国，流浪汉精神是一服极好的兴奋剂、最需要的强心针。就是把什么国家、什么民族一笔勾销，我们也希望能够过个有趣味的一生，不像现在这样天天同不好不坏、不进不退的先生们敷衍。写到这里，忽然记起东坡一首《西江月》，觉得很能道出流浪汉的三昧，就抄出做个结论吧！

　　照野弥弥浅浪，
　　横空隐隐层霄，

障泥未解玉骢骄,
我欲醉眠芳草。

可惜一溪风月,
莫教踏碎琼瑶,
解鞍欹枕绿杨桥,
杜宇一声春晓。

　　顷在黄州,春夜行蕲水中,过酒家,饮酒醉。乘月至一溪桥上,解鞍曲肱,醉卧少休。及觉已晓,乱山攒拥,流水锵然,疑非尘世也。书此数语桥柱上。

十八年除夕之前二日于福州

(选自《春醪集》,北新书局,1930年版)

"春朝"一刻值千金

（懒惰汉的懒惰随想头之一）

梁遇春

  十年来，求师访友，足迹走遍天涯，回想起来给我最大益处的却是"迟起"，因为我现在脑子里所有些聪明的想头、灵活的意思多半是早上懒洋洋地赖在床上想出来的。我真应该写几句话赞美它一番，同时还可以告诉有志的人们一点迟起艺术的门径。谈起艺术，我虽然是门外汉，不过对于迟起这门艺术倒可说是一位行家，因为我既具有明察秋毫的批评能力，又带了甘苦备尝的实践精神。我天天总是在可能范围之内，尽量地滞在床上——那是我们的神庙——看着射在被上的日光，暗笑四围人们无谓的匆忙，回味前夜的痴梦——那是比做梦还有意思的事——细想迟起的好处，唯我独尊地躺着，东倒西倾的小房立刻变作一座快乐的皇宫。

  诗人、画家为着要追求自己的幻梦，实现自己的痴愿，宁可牺牲一切物质的快乐，受尽亲朋的诟骂，他们从艺术里能够得到无穷的安慰，那是他们真实的世界，外面的世界对于他们反变成一个空虚。迟起艺术家也具有同等的精神。区区虽然不是一个迟起大师，但是对于本行艺术的确有无限的热忱——艺术家的狂热。所以让我拿自己做个例子吧。当我是个小孩的时候，我的生活由家庭替我安排，毫无艺术的自觉，早上六点就起来了。后来到北方念书去，北方的天气是培养迟起最好的沃土，许多同学又都是程度很高的迟起艺术专家，于是绝好的环境同朋辈的切磋使我领略到迟起的深味，我的忠于艺术的热度也一天一天地增高。暑假年假回家时期，总在全家人吃完了早饭之后，我才敢动起床的念头。老父常常对我说清晨新鲜空气的好处，母亲有时提到重温稀饭的麻烦，慈爱的祖母也屡次向我姑母说"早起三日当一工"（我的姑母老是起得很早的），我虽然万分不愿意丢失大人们的欢心，但是为着忠于艺术的缘故，居然甘心得罪老人家。后来老人家知道我是无可救药的，反动了怜惜的心肠，他们早上九点钟的时候走过我的房门前还是用着足尖；人们温情地放纵我们的弱点最是容易刺动我们麻木的良心，但是我总舍不得违弃了心爱的艺术，所以还是懊悔地照样地高卧。在大学里，有几位道貌岸然的教授对于迟到的学生总是白眼相待，我不幸得很，老做他们白眼的鹄的，也曾好几次下个决心早起，免得一进教室的门，就受两句冷讽，可是一年一年地过去，我足足受了四年的白眼待遇，里头的苦处是别人想不出来的。有一年寒假住在亲戚家里，他们晚饭的时间是很早的，所以一醒来，腹里就咕隆地响着，我却按下饥肠，故意想出许多有趣的事情，使自己忘却了肚饿，有时饿出汗来，还是坚持着非到十时是不起来的，对于艺术我是多么忠实，情愿牺牲。枵腹作诗的爱仑波，真可说是我的同志。后来入世谋生，自然会忽略了艺术的追求，不过我还是尽量地保留一向的热诚，虽然已经是够堕落了。想起我个人因为迟起所受的许多说不出的苦痛，我深深相信迟起是一门艺术，因为只有艺术才会这样带累人，也只有艺术家才肯这样不变初衷地往前牺牲一切。

但是从迟起我也得到不少的安慰，总够补偿我种种的苦痛。迟起给我最大的好处是我没有一天不是很快乐地开头的。我天天起来总是心满意足的，觉得我们住的世界无日不是春天，无处不是乐园。当我神怡气舒地躺着的时候，我常常记起勃浪宁的诗："上帝在上，万物各得其所。"（鱼游水里，鸟栖树枝，我卧床上。）人生是短促的，可是若使我们有过光荣的青春，我们的一生就不能算是虚度，我们的残年很可以傍着火炉，晒着太阳，在回忆里过日子。同样地，一天的光阴是很短促的，可是若使我们有过光荣的早上（一半时间花在床上的早晨！），我们这一天就不能说是白丢了，我们其余时间可以用在追忆清早的幸福，我们青年时期若使是欣欢的结晶，我们的余生一定不会很凄凉的，青春的快乐是有影子留下的，那影子好似带了魔力，惨淡的老年给它一照，也呈出和蔼慈祥的光辉。我们一天里也是一样的，人们不是常说：一件事情好好地开头，就是已经成功一半了；那么赏心悦意的早晨就是一天快乐的先导。迟起不单是使我天天快活地开头，还叫我们每夜高兴地结束这个日子；我们夜夜去睡的时候，心里就预料到明早迟起的快乐——预料中的快乐是比当时的享受，味还长得多——这样子我们一天的始终都是给生机活泼的快乐空气所围住，这个可爱的升平景象却是迟起一手做成的。

迟起不仅能够给我们这甜蜜的空气，它还能够打破我们结结实实的苦闷。人生最大的愁忧是生活的单调。悲剧是很热闹的、怪有趣的，只有那不生不死的机械式生活才是最百无聊赖的。迟起真是唯一的救济方法。你若使感到生活的沉闷，那么请你多睡半点钟（最好是一点钟），你起来一定觉得许多要干的事情没有时间做了，那么是非忙不可——"忙"是进到快乐宫的金钥，尤其那自己找来的忙碌。忙是人们体力发泄最好的法子，亚里士多德不是说过人的快乐生于能力变成效率的畅适。我常常在办公时间五分钟以前起床，那时候洗脸、拭牙、进早餐，都要用最快的速度完成，全变作最浪漫的举动，当牙膏四溅，脸水横飞，一手拿着头梳，对着镜子，一面吃面包的时节，谁会说人生是没有趣味呢？而且当时只怕过了时间，心中充满了冒险的情绪。这些暗地晓得不碍事的冒险、兴奋是顶可爱的东西，尤其是对于我们这班不敢真真履险的懦夫。我喜欢北方的狂风，因为当我们冲着黄沙往前进的时候，我们仿佛是斩将先登、冲锋陷阵的健儿，跟自然的大力肉搏，这是多么可歌可泣的壮举，同时除开耳孔、鼻孔塞点沙土外，丝毫危险也没有，不管那时是怎的像煞有介事的样子。冒险的嗜好哪个人没有，不过我们胆小，不愿白丢了生命，仁爱的上帝，因此给我们卷地蔽天地刮风，做我们安稳冒险的材料。住在江南的可怜虫，找不到这一天赐的机会，只得英雄做时势，迟些起来，自己创造机会。就是放假期间，十时半起床，早餐后抽完了烟，已经十一时过了，一想到今天打算做的事情一件也没有动手，赶紧忙着起来——天下里还有比无事忙更有趣味的事吗？若使你因为迟起挨到人家的闲话，那最少也可以打破你日常一波不兴、无声无臭的生活。我想凡是尝过生活的深味的人一定会说，痛苦比单调、灰色的生活强得多，因为痛苦是活的，灰色的生活却是死的象征。迟起本身好似是很懒惰的，但是它能够给我们最大的活气，使我们的生活跳动生姿。世上最懒惰不过的人们是那般黎明即起，老早把事做好，坐着呆呆地打呵欠的人们。迟起所有的这许多安慰，除开艺术，我们哪里还找得出来呢？许多人现在还不明白迟起的好处，这也可以证明迟起是一种艺术，因为只有艺术，人们才会这样地不去睬它。

现在春天到了，"春宵苦短日高起"，五六点钟醒来，就可以看见太阳，我们可以醉也似的躺着，一直躺了好几个钟头，静听流莺的巧啭，细看花影的慢移，这真是迟起的绝好时光。让我们天天多躺一会儿吧，别辜负了这一刻千金的"春朝"。

《懒惰汉的懒惰想头》是当代英国小品文家 Jerome K. Jerome 的文集名字（*Idle Thoughts of an Idle Fellow*），集里所说的都是拉闲扯散、瞎三道四的废话，可是自带有幽默的深味，好似对于人生有比一般人更微妙的认识同玩味——这或者只是因为我自己也是懒惰汉，官官相卫，惺惺惜惺惺，那么也好，就随它去吧。"春宵一刻值千金"这句老话，是谁也知道的，我觉得换一个字，就可以做我的题目。连小小二句题目，都要东抄西袭凑合成，不肯费心机自己去做一个，这也可以见我的懒惰了。

　　在副题目底下加了"之一"两字，自然是指明我还要继续写些这类无聊的小品文字，但是什么时候会写第二篇，那是连上帝都不敢预言的，我是那么懒惰。有时晚上想好了意思，第二天起得太早，心中一懊悔，什么好意思都忘却了。

（选自《春醪集》，北新书局，1930年版）

言志篇

林语堂

古人言士各有志，不过言志并不甚易。在言志时，无意中还是"载道"，八分为人，二分为己，所以失实，况且中国人有一种坏脾气，留学生炼牛皮，必不肯言炼牛皮之志，而文之曰"实业救国"。假如他的哥哥到美国学农业，回来开牛奶房，也不肯言牛奶房之志，只说是"农村立国"。《论语·言志篇》，子路、冉求、公西华，各有一大篇载道议论，虽然经"夫子哂之"，点也尚不敢率尔直言，须经夫子鼓励一番，谓"何伤乎？亦各言其志也！"，始有"春服既成"一段真正言志的话。不图方巾气者所必吐弃之小小志尚，反得孔子之赞赏。孔子之近情，与方巾气者之不近情，正可于此中看出。此姑且撇过不谈。常言男子志在四方，实则各人于大志之外，仍不免有个人所谓理想生活。要人挂冠，也常有一番言志议论，便是言其理想生活。或是归田养母，或是出洋留学，但这也不过一时说说而已。向来中国人得意时信儒教，失意时信道教，所以来去出入，都有照例文章，严格地言，也不能算为真正的言志。

据说古希腊有圣人代阿今尼思，一日正在街上滚桶中晒日，遇见亚力山大大帝来问他有何有请。代阿今尼思客气地答曰：请皇帝稍微站开，不要遮住太阳，便感恩不尽了。这似乎是代阿今尼思的志愿。他是一位清心寡欲的人，冬夏只穿一件破衲，坐卧只在一只滚桶中。他说人的欲愿最少时，便是最近于神仙快乐之境。他本有一只饮水的杯，后来看见一孩子用手掬水而饮，也就毅然将杯抛弃，于是他又觉得比从前少了一种挂碍，更加清净了。

代阿今尼思的故事，常叫人发笑，因为他所代表的理想，正与现代人相反。现代人是以一人的欲愿之繁多为文化进步的衡量。老实说，现代人根本就不知他所要的是什么。在这种地方，发现许多矛盾，一面提倡朴素，又一面舍不得洋楼、汽车。有时好说金钱之害，有时却被财魔缠心，做出许多尴尬的事来，现代人听见代阿今尼思的故事，不免生羡慕之心，却又舍不得要看一张真正好的嘉宝的影片。于是乃有所谓言行之矛盾，及心灵之不安。

自然，要爽爽快快地打倒代阿今尼思的主张，并不很难。第一，代阿今尼思生于南欧天气温和之地，所以寒地女子，要穿一件皮大氅，也不必于心有愧。第二，凡是人类，总应该至少有两套里衣，可以替换。在书上的代阿今尼思，也许好像一身仙骨，传出异香来，而在实际上，与代阿今尼思同床共被，便不怎样爽神了。第三，将这种理想灌注于小学生脑中，是有害的，因为至少教育须养成学子好书之心，这是代阿今尼思所绝对不看的。第四，代阿今尼思生时，尚未有电影，也未有Mickey Mouse的滑稽影戏画。无论大人小孩说他不要看Mickey Mouse，一定是已失其赤子之心，这种朽腐的魂灵，再不会于吾人文化有什么用处。总而言之，一人对于环境，能随时注意，理想兴奋，欲愿繁复，比一枯槁待毙的人，心灵上较丰富，而于社会上也比较有作为。乞丐到了过屠门而不大嚼时，已经是无用的废物了。诸如此类，不必细述。

代阿今尼思所以每每引人羡慕者，毛病在我们自身。因为现代人实在欲望太奢了，并且每不自知所欲为何物。富家妇女一天打几圈麻将，也自觉麻烦。电影明星在灯红酒绿的交际上，也自有其觉到不胜烦躁，而只求一小家庭过清净生活之时。朝朝寒食、夜夜元宵之人，也有一日不胜其腻烦之觉悟。若西人百万富翁之青年子弟，一年渡大西洋四次，由巴黎而南美洲，而尼司，而纽约，而蒙提卡罗，实际上只是在躲避他心灵的空虚而已。这种人常会起了一念，忽然跑入僧寺或尼姑庵，这是报上所常见的事实。

我想在各人头脑清净之时，盘算一下，总会觉得我们决不会做代阿今尼思的信徒，总各有几样他所求的志愿。我想我也有几种愿望，只要有志去求，也并非绝不可能的事。要在各人看清他的志操，有相当的抱负，求之在己罢了。这倒不是外方所能移易的。兹且举我个人理想的愿望如下。这些愿望十成中能得六七成，也就可算为幸福儿了。

我要一间自己的书房，可以安心工作。并不要怎样清洁齐整。不要一位 *The Story of San Michele* 书中的 Madamoiselle Agathe 拿她的揩布到处乱揩乱擦。我想一人的房间，应有几分凌乱，七分庄严中带三分随便，住起来才舒服，切不可像一间和尚的斋堂，或如府第中之客室。天罗板下，最好挂一盏佛庙的长明灯，入其室，稍有油烟气味。此外又有烟味、书味，及各种不甚了了的房味，最好是沙发上置一小书架，横陈各种书籍，可以随意翻读。种类不要多，但不可太杂，只有几种心中好读的书，又几次重读过的书——即使是天下人皆詈为无聊的书也无妨。不要理论太牵强、板滞乏味之书，但也没什么一定的标准，只以合个人口味为限。西洋新书可与《野叟曝言》杂陈，孟德斯鸠可与福尔摩斯小说并列。不要时髦书，马克斯、T. S. Elliot、James Joyces 等，袁中郎有言，"读不下去之书，让别人去读"便是。

我要几套不是名士派但亦不甚时髦的长褂，及两双称脚的旧鞋子。居家时，我要能随便闲散的自由。虽然不必效顾千里裸体读经，但在热度九十五以上之热天，却应许我在佣人面前露了臂膀，穿一短背心了事。我要我的佣人随意自然，如我随意自然一样。我冬天要一个暖炉，夏天要一个浇水浴房。

我要一个可以依然故我、不必拘牵的家庭。我要在楼下工作时，听见楼上妻子言笑的声音，而在楼上工作时，听见楼下妻子言笑的声音。我要未失赤子之心的儿女，能同我在雨中追跑，能像我一样地喜欢浇水浴。我要一小块园地，不要遍铺绿草，只要有泥土，可让小孩搬砖弄瓦，浇花种菜，喂几只家禽。我要在清晨时，闻见雄鸡喔喔啼的声音。我要房宅附近有几棵参天的乔木。

我要几位知心友，不必拘守成法，肯向我尽情吐露他们的苦衷。谈话起来，无拘无碍，柏拉图与《品花宝鉴》念得一样烂熟。几位可与深谈的友人。有癖好、有主张的人，同时能尊重我的癖好与我的主张，虽然这些也许相反。

我要一位能做好的清汤、善烧青菜的好厨子。我要一位很老的老仆，非常佩服我，但是也不甚了了我所做的是什么文章。

我要一套好藏书，几本明人小品，壁上一帧李香君画像让我供奉，案头一盒雪茄，家中一位了解我的个性的夫人，能让我自由地做我的工作。酒却与我无缘。

我要院中几棵竹树，几棵梅花。我要夏天多雨、冬天爽亮的天气，可以看见极蓝的青天，如北平所见的一样。

我要有能做我自己的自由，和敢做我自己的胆量。

（选自《我的话》上册，时代图书公司，1934年版）

秋天的况味

林语堂

秋天的黄昏，一人独坐在沙发上抽烟，看烟头白灰之下露出红光，微微透露出暖气，心头的情绪便跟着那蓝烟缭绕而上，一样的轻松，一样的自由。不转眼缭烟变成缕缕的细丝，慢慢不见了，而霎那时，心上的情绪也跟着消沉于大千世界，所以也不讲那时的情绪，而只讲那时的情绪的况味。待要再划一根洋火，再点起那已点过三四次的雪茄，却因白灰已积得太多，点不着，乃轻轻地一弹，烟灰静悄悄地落在铜炉上，其静寂如同我此时用毛笔写在中纸上一样，一点的声息也没有。于是再点起来，一口一口地吞云吐雾，香气扑鼻，宛如偎红倚翠、温香在抱的情调。于是想到烟，想到这烟一股温煦的热气，想到室中缭绕暗淡的烟霞，想到秋天的意味。这时才忆起，向来诗文上秋的含义，并不是这样的，使人联想的是肃杀，是凄凉，是秋扇，是红叶，是荒林，是萋草。然而秋确有另一意味，没有春天的阳气勃勃，也没有夏天的炎烈迫人，也不像冬天之全入于枯槁凋零。我所爱的是秋林古气磅礴的气象。有人以老气横秋骂人，可见是不懂得秋林古色之滋味。在四时中，我于秋是有偏爱的，所以不妨说说。秋是代表成熟，对于春天之明媚娇艳，夏日之茂密浓深，都是过来人，不足为奇了，所以其色淡，叶多黄，有古色苍茏之概，不单以葱翠争荣了。这是我所谓秋天的意味。大概我所爱的不是晚秋，是初秋，那时暄气初消，月正圆，蟹正肥，桂花皎洁，也未陷入凛冽萧瑟的气态，这是最值得赏乐的。那时的温和，如我烟上的红灰，只是一股熏熟的温香罢了。或如文人已摆脱下笔惊人的格调，而渐趋纯熟练达，宏毅坚实，其文读来有深长意味。这就是庄子所谓"正得秋而万宝成"结实的意义。在人生上最享乐的就是这一类的事。比如酒以醇以老为佳。烟也有和烈之辨。雪茄之佳者，远胜于香烟，因其气味较和。倘是烧得得法，慢慢地吸完一支，看那红光炙发，有无穷的意味。鸦片吾不知，然看见人在烟灯上烧，听那微微哗剥的声音，也觉得有一种诗意。大概凡是古老、纯熟、熏黄、熟练的事物，都使我得到同样的愉快。如一只熏黑了的陶锅在烘炉上用慢火炖猪肉时所发出的锅中徐吟的声调，使我感到同观人烧大烟一样的兴趣。或如一本用过二十年而尚未破烂的字典，或是一张用了半世的书桌，或如看见街上一块熏黑了的老气横秋的招牌，或是看见书法大家苍劲雄深的笔迹，都令人有相同的快乐，人生世上如岁月之有四时，必须要经过这纯熟时期，如女人发育健全、遭遇安顺的，亦必有一时徐娘半老的风韵，为二八佳人所绝不可及者。使我最佩服的是邓肯的佳句："世人只会吟咏春天与恋爱，真无道理。须知秋天的景色，更华丽、更恢奇，而秋天的快乐有万倍的雄壮、惊奇、都丽。我真可怜那些妇女识见褊狭，使她们错过爱之秋天的宏大的赠赐。"若邓肯者，可谓识趣之人。

（选自《我的话》上册，时代图书公司，1934年版）

人生快事

柯　灵

　　据说中国已经"统一"，外御其侮的工作也将开始。新闻纸的为用，因此也更其"大矣哉"起来。每天翻报，送给我们的都是些好消息：什么成立纪念的"隆重典礼"，主席巡行返京的"军乐礼炮"，以及"印象极佳"的谈话之类，真是洋洋乎一片太平景象。二十一日的上海某报上，还用整版的篇幅，登出两位名流的少爷小姐的"嘉礼特刊"。

　　特刊开头，就是一篇阐明"人生真正第一快事"的名文，说昔人以为雪夜闭门读禁书，是人生第一快事，其实那还不过是一时之快；唯有洞房春暖，美眷如花，真个销魂以外，将来大量生产，十年生聚，以纾国难；才子佳人底下，接着就是忠臣义士，这才真的是"乐事无涯，结婚为最"。说得读者都飘飘然起来了。

　　然而仔细一想，恐怕也未必尽然。

昔人所读的禁书，大约不是《唯物论》《国难记》，或者鲁迅等左翼作家的著作，倒是把才子佳人的"嘉言懿行"描写得比较彻底的《金瓶梅》《肉蒲团》等的所谓淫书吧？昔之儒者，虽然一样地会性交，而公然阅读淫书，却难免遭受物议。雪夜孤灯，重门深锁，一卷在手，看得口涎直流，想来也的确"快哉"。但"革命成功"，世情一变，《金瓶梅》早经印成"珍本"发售，有些报上也日有"艳情小说"可读。有一个时期，张竞生博士编《性史》，开书店，登皇皇广告，"第三种水"也可以从女店员手里买到，禁书之味，早已没有了。现在成为"禁书"的，却万万染指不得：思想自由，虽有明文，一读禁书，就要攸关性命。雪夜闭门，不料巡捕破关而入，翻箱倒箧地搜查一通之后，一翻白眼，喝道："行①里去！"而看的也许只是一份《救国日报》。记得香港有一位青年，因为在箱子里被查出一本红封面的《呐喊》，曾罹杀身之祸。——今日读禁书，"快事"云乎哉！

结婚是快乐的，但恐怕也要以名公巨绅的少爷小姐为限。倘在穷小子，一旦结婚，就是终身重累。"半夜睡在郎身边，半夜睡在债身边"，这是俗语，大约也很古了，倒是今古一例地流行着。

---

① 行：巡捕房的别称。

"十年生聚"（姑作"生"孩子解），勾践以此复国，对的。但底下还有"十年教养"。名公巨绅记住了前一句，又沉湎于"洞房春暖"之乐，编号娶妾，论打生儿，快事既然无穷，产量也真丰富。做起寿来，儿孙绕膝，客人惊叹似的打躬作揖，说道："老兄真是福气！"不久小姐少爷也可以嫁娶了，于是世代相沿，继续乃祖乃宗的盛业。这倒确是颇合于中国古训的人生观！

大世界阖家老小跳楼自杀的是例外，因为他们穷。

大家都说国难严重，这当然是千真万确的事实。可是如何自拯于危亡呢？侵略者略一松手，便觉天下太平，国事大有可为，固然是可怕的自我陶醉。大家都来结婚，生聚教养，如果照现状推究下去，照码对折，不必十年，怕早已遭受亡国之惨了。

插科打诨的把戏，还是暂时收起来吧。

不过结婚毕竟是值得庆祝的事，让我也来祝他们"百年偕老，五世其昌"吧。因为能够如此，总还算是"国人之福"！

一九三七年

（选自《柯灵杂文集》，生活·读书·新知三联书店，1984年版）

227

撩天儿

朱自清

《世说新语·品藻》篇有这么一段儿：

> 王黄门兄弟三人俱诣谢公，子猷、子重多说俗事，子敬寒温而已。既出，坐客问谢公："向三贤孰愈？"谢公曰："小者最胜。"客曰："何以知之？"谢公曰："吉人之辞寡，躁人之辞多，推此知之。"

王子敬只谈谈天气，谢安引《易·系辞传》的句子称赞他话少的好。《世说新语》的作者记他的两位哥哥"多说俗事"，那么，"寒温"就是雅事了。"寡言"向来被认为美德，原无雅俗可说；谢安所赞美的似乎是"寒温'而已'"，刘义庆所着眼的却似乎是"'寒温'而已"，他们的看法是不一样的。

"寡言"虽是美德，可是"健谈""谈笑风生"，自来也不失为称赞人的语句。这些可以说是美才，和美德是两回事，却并不互相矛盾，只是从另一角度看人罢了。只有"花言巧语"才真是要不得的。古人教人寡言，原来似乎是给执政者和外交官说的。这些人的言语关系往往很大，自然是谨慎的好，少说的好。后来渐渐成为明哲保身的处世哲学，却也有它的缘故。说话不免陈述自己，评论别人，这些都容易落把柄在听话人的手里。旧小说里常见的"逢人只说三分话，未可全抛一片心"，就是教人少陈述自己。《女儿经》里的"张家长，李家短，他家是非你莫管"，就是教人少评论别人。这些不能说没有道理，但是说话并不一定陈述自己、评论别人，像谈谈天气之类。就是陈述自己、评论别人，也不一定就"全抛一片心"，或道"张家长，李家短"。"戏法人人会变，各有巧妙不同"，这儿就用得着那些美才了。但是"花言巧语"却不在这儿所谓"巧妙"的里头，那种人往往是别有用心的。所谓"健谈""谈笑风生"，却只是无所用心的"闲谈""谈天""撩天儿"而已。

"撩天儿"最能表现"闲谈"的局面。一面是"天儿"，是"闲谈"少不了的题目，一面是"撩"，"闲谈"只是东牵西引那么回事。这"撩"字抓住了它的神儿。日常生活里，商量、和解，乃至演说、辩论等等，虽不是别有用心的说话，却还是有所用心的说话。只有"闲谈"，以消遣为主，才可以算是无所为的、无所用心的说话。人们是不甘静默的，爱说话是天性，不爱说话的究竟是很少的。人们一辈子说的话，总计起来，大约还是闲话多、废话多，正经话太用心了，究竟也是很少的。

人们不论怎么忙，总得有休息，"闲谈"就是一种愉快的休息。这其实是不可少的。访问、宴会、旅行等等社交的活动，主要的作用其实还是闲谈。西方人很能认识闲谈的用处。十八世纪的人说，说话是"互相传达情愫，彼此受用，彼此启发"的。十九世纪的人说，"谈话的本来目的不是增进知识，是消遣"。二十世纪的人说，"人的百分之九十九的谈话并不比苍蝇的哼哼更有意义些；可是他愿意哼哼，愿意证明他是个活人，不是个蜡人。谈话的目的，多半不是传达观念，而是要哼哼"。

"自然，哼哼也有高下。有的像蚊子那样不停地响，真叫人生气。可是在晚餐会上，人宁愿做蚊子，不愿做哑子。幸而大多数的哼哼是悦耳的，有些并且是快心的。"看！十八世纪还说"启发"，十九世纪只说"消遣"，二十世纪更只说"哼哼"，一代比一代干脆，也一代比一代透彻了。闲谈从天气开始，古今中外，似乎一例。这正因为天气是个同情的话题，无人不知，无人不晓，而又无需乎陈述自己或评论别人。刘义庆以为是雅事，便是因为谈天气是无所为的、无所用心的。但是后来这件雅事却渐渐成为雅俗共赏的了。闲谈又叫"谈天"，又叫"撩天儿"，一面见出天气在闲谈里的重要地位，一面也见出天气这个话题已经普遍化到怎样程度。因为太普遍化了，便有人嫌它古老、陈腐，他们简直觉得天气是个俗不可耐的题目。于是天气有时成为笑料，有时跑到讽刺的笔下去。

有一回，一对未婚的中国夫妇到伦敦结婚登记局里，是下午三四点钟了，天上的云沉沉的，那位管事的老头儿却还笑着招呼说，"早晨好！天儿不错，不是吗？"朋友们传述这个故事，都当作笑话。鲁迅先生的立论也曾用"今天天气……哈哈哈"来讽刺世故人的口吻。那位老头儿和那种世故人来的原是"客套"话，因为太"熟套"了，有时就不免离了谱。但是从此可见，谈天气并不一定认真地谈天气，往往只是招呼，只是应酬，至多也只是引子。笑话也罢，讽刺也罢，哼哼总得哼哼的，所以我们都不断地谈着天气。天气虽然是个老题目，可是风云不测，变化多端，未必就是个腐题目；照实际情形看，它还是个好题目。去年二月美大使詹森过昆明到重庆去，昆明的记者问他，"此次经滇越路，比上次来昆，有何特殊观感？"他答得很妙："上次天气炎热，此次气候温和，天朗无云，旅行甚为平安舒适。"这是外交辞令，是避免陈述自己和评论别人的明显的例子。天气有这样的作用，似乎也就无可厚非了。

谈话的开始难，特别是生人相见的时候。从前通行请教"尊姓""台甫""贵处"，甚至"贵庚"等等，一半是认真——知道了人家的姓字，当时才好称呼谈话，虽然随后大概是忘掉的多——另一半也只是哼哼罢了。自从有了介绍的方式，这一套就用不着了。这一套里似乎只有"贵处"一问还可以就答案发挥下去，别的都只能一答而止，再谈下去，就非换题目不可，那大概还得转到天气上去，要不然，也得转到别的一些琐屑的节目上去，如"几时到的？路上辛苦吧？是第一次到这儿吧？"之类。用介绍的方式，谈话的开始更只能是这些节目。若是相识的人，还可以说"近来好吧？""忙得怎么样？"等等。这些琐屑的节目像天气一样是哼哼调儿，可只是特殊的调儿，同时只能说给一个人听，不像天气是普通的调儿，同时可以说给许多人听。所以天气还是打不倒的谈话的引子——从这个引子可以或断或连地牵搭到四方八面去。

但是在变动不居的非常时代，大家关心或感兴趣的题目多，谈话就容易开始，不一定从天气下手。天气跑到讽刺的笔下，大概也就在这当儿。我们正是这种时代。抗战、轰炸、政治、物价、欧战，随时都容易引起人们的谈话，而且尽够谈一个下午或一个晚上，无须换题目。新闻本是谈话的好题目，在平常日子，大新闻就能够取天气而代之，何况这时代，何况这些又都是关切全民族利害的！政治更是个老题目，向来政府常禁止人们谈，人们却偏爱谈。袁世凯、张作霖的时代，北平茶楼多挂着"莫谈国事"的牌子，正见出人们的爱谈国事来。但是新闻和政治总还是跟在天气后头的多，除了这些，人们爱谈的是些逸闻和故事。这又全然回到茶余酒后的消遣了。还有性和鬼，也是闲谈的老题目。据说美国有个化学家，专心致志地研究他的化学，差不多不知道别的，可就爱谈性，不惜一晚半晚地谈下去。鬼呢，我们相信的明明很少，有时候却也可以独占一个晚上。不过这些都得有个引子，单刀直入是很少的。

谈话也得看是哪一等人。平常总是地位差不多、职业相近似的人聚会的时候多，话题自然容易找些。若是聚会里夹着些地位相殊或职业不近的人，那就难点儿。引子倒是有现成的，如上文所说的种种，也尽够用了，难的是怎样谈下去。若是知识或见闻够广博的，自然可以抓住些新题目，适合这些特殊的客人的兴趣，同时还不至于冷落了别人。要不然，也可以发挥自己的熟题目，但得说成和天气差不多的雅俗共赏的样子。话题就难在这"共赏"或"同情"上头。不用说，题目的性质是一个决定的因子。可是无论什么地位、什么职业的人，总还是人，人情是不相远的。谁都可以谈谈天气，就是眼前的好证据。虽然是自己的熟题目，只要拣那些听起来不费力而可以满足好奇心的节目发挥开去，也还是可以共赏的。这儿得留意隐藏着自己，自己的知识和自己的身份。但是"自己"并非不能做题目，"自己"也是人，只要将"自己"当作一个不多不少的"人"陈述着，不要特别爱惜，更不要得意忘形，人们也会同情的。自己小小的错误或愚蠢，不妨公诸同好，用不着爱惜。自己的得意，若有可以引起一般人兴趣的地方，不妨说是有一个人如此这般，或者以多报少，像不说"很知道"而说"知道一点儿"之类。用自己的熟题目，还有一层便宜处。若有大人物在座，能找出适合他的口味而大家也听得进去的话题，固然很好，可是万一说了外行话，就会引得那大人物或别的人肚子里笑，不如谈自己的倒是善于用短。无论如何，一番话总要能够教座中人悦耳快心，暂时都忘记了自己的地位和职业才好。

有些人只愿意人家听自己的谈话。一个声望高、知识广、听闻多、记性强的人，往往能够独占一个场面，滔滔不绝地谈下去。他谈的也许是若干牵搭着的题目，也许只是一个题目。若是座中只三五个人，这也可以是一个愉快的场面，虽然不免有人抱向隅之感。若是人多了，也许就有另行找伴儿搭话的，那就有些煞风景了。这个独占场面的人若是声望不够高、知识和经验不够广，听话的可窘了。人多还可以找伴儿搭话，人少就只好干耗着，一面想别的。在这种聚会里，主人若是尽可能预先将座位安排成可分可合的局势，也许方便些。平常的闲谈可总是引申别人一点儿，自己也说一点儿，想着是别人乐意听听的；别人若乐意听下去，就多说点儿。还得让那默默无言的和冷冷儿的收起那长面孔，也高兴地听着，这才有意思。闲谈不一定增进人们的知识，可是对人、对事得有广泛的知识，才可以有谈的；有些人还得常常读些书报，才不至于谈的老是那几套儿。并且得有好性儿，要不然，净闹别扭，真成了"话不投机半句多"了。记性和机智不用说也是少不得的。记性坏，往往谈得忽断忽连的，教人始而闷气，继而着急。机智差，往往赶不上点儿，对不上茬儿。闲谈总是断片的多，大段的需要长时间，维持场面不易。又总是报告的描写多，议论少。议论不能太认真，太认真就不是闲谈；可也不能太不认真，太不认真就不成其有议论；得斟酌乎两者之间，所以难。议论自然可以批评人，但是得泛泛儿的、远远儿的；也未尝不可骂人，但是得用同情口吻。你说这是戏！人生原是戏。戏也是有道理的，并不一定是假的。闲谈要有意思，所谓"语言无味"，就是没有意思。不错，闲谈多半是废话，可是有意思的废话和没有意思的还是不一样。"又臭又长"，没有意思；重复、矛盾、老套儿，也没有意思。"又臭又长"也是机智差，重复和矛盾是记性坏，老套儿是知识或见闻太可怜见的。所以除非精力过人，谈话不可太多，时间不可太久，免得露了马脚。古语道，"言多必失"，这儿也用得着。

还有些人只愿意自己听人家的谈话。这些人大概是些不大能，或者不大爱谈话的。世上或有"一锥子也扎不出一句话"的，可是少。那不是笨货就是怪人，可以存而不论。平常所谓不能谈话的，也许是知识或见闻不够用，也许是见的世面少。这种人在家里，在亲密的朋友里，也能有说有笑的，一到了排场些的聚会，就哑了。但是这种人历练历练，也能成。也许是懒。这种人记性大概不好，懒得谈，其实也没谈的。还有，是矜持。这种人是"语不惊人死不休"的。他们在等着一句聪明的话，可是老等不着。——等得着的是"谈言微中"的真聪明人。这种人不能说是不能谈话，只能说是不爱谈话。不爱谈话的却还有深心的人，他们生怕露了什么口风，落了什么把柄似的，老等着人家开口。也还有谨慎的人，他们只是小心，不是深心；只是自己不谈或少谈，并不等着人家。这是明哲保身的人。向来所赞美的"寡言"，其实就是这样的人。但是"寡言"原来似乎是针对着战国时代"好辩"说的。后世有些高雅的人，觉得话多了就免不了说到俗事上去，爱谈话就免不了俗气，这和"寡言"的本义倒还近些。这些爱"寡言"的人也有他们的道理，谢安和刘义庆的赞美都是值得的。不过不能谈话、不爱谈话的人，却往往更愿意听人家的谈话，人情究竟是不甘静默的。——就算谈话免不了俗气，但俗的是别人，自己只听听，也乐得的。一位英国的无名作家说过："良心好，不愧于神和人，是第一件乐事，第二件乐事就是谈话。"就一般人看，闲谈这一件乐事其实是不可少的。

《中学生战时半月刊》，一九四一年

（选自《朱自清全集》第三卷，江苏教育出版社，1988年版）

闲

——棕桐轩詹言之一

王了一

中国的诗人，自古是爱闲的。"静扫空房唯独坐"，"日高窗下枕书眠"，这是闲居；"相与缘江拾明月"，"晚山秋树独徘徊"，这是闲游；"大瓢贮月归春瓮"，"飞盏遥闻豆蔻香"，"林间扫石安棋局"，"短裁孤竹理云韶"，这是闲消遣。如果他们忙起来，他们也要忙里偷闲；他们是"有愧野人能自在"，所以他们忙极的时候也要"闲寻鸥鸟暂忘机"。

但是，中国的俗谚却说："成人不自在，自在不成人。"凡是愿意兴家立业的人都不肯"游手好闲"。表面看来，这和诗人们的思想是矛盾的。诗人们的思想似乎是出世的，是仙佛的一派；而社会上的老成人却是入世的，是圣贤的一派。圣贤可学，仙佛不可学，所以我们不应该爱闲，因为爱闲就是"好闲"，"好闲"就非"游手"不可，而"游手"就有没有饭吃的危险。其实，

237

这只是一种很粗的看法。如果闲得其道，非特无损，而且有益。我们可以说，常人不可以"好闲"，而圣贤却可以"爱闲"。

先说，一国的元首就应该闲。垂拱而治，是中国人所认为郅治的世界。身当天下大任的人也应该闲，在军书旁午的时候，诸葛亮仍旧是纶巾羽扇，谢安仍旧是游墅围棋，这种闲情逸致才能养成他们那临事不惊的本领。爱闲和工作紧张是可以并行不悖的。唯有精神不紧张的人，工作紧张起来才有更大的效力，否则越忙越乱，越会把事情弄糟了的。

做地方官的人也应该有相当的闲暇。如果你不能闲，不是你毫无办事能力，就是你为刮地皮而忙。"日晚爱行深竹里，月明多上小楼头"，白乐天并没有因为爱闲而减少了民众的好感；"岂惟见惯沙鸥熟，已觉来多钓石温"，苏东坡并没有因为爱闲而妨害了邑宰的去思。王禹偁诗里说："日长何计到黄昏，郡僻官闲昼掩门。"现在却是郡越僻而官越忙，因为"天高皇帝远"，正是刮地皮的好机会。天天嘴里嚷着："忙呀！忙呀！"天晓得他是否为苞苴 ① 而忙，为揢克 ② 而忙，抑或是为逢迎上司，应酬土豪劣绅而忙！

至于文人，就更不能忙，更不应该忙。《三都赋》十稔而成，

---

① 指贿赂。

② 指搜刮钱财。

并不是天天忙着写那赋，而是闲着在那里等候，灵感来时才写上一段。忙起来根本就没有灵感！非但八叉手①不是忙，连九回肠②也不算是忙。当你聚精会神地去推敲一篇文章的时候，只像聚精会神地下一盘棋，是闲中取乐，不应该把它当作尘樊的束缚。如果你觉得是忙着做文章，那藐子之神会即刻离开了你。但是，不幸得很，那些卖文为活的文人却不能不忙着做文章，尤其是在"文价"的指数和物价的指数相差十余倍的今日，更不能不搜索枯肠，努力多写几个字。在战前，我有一个朋友卖文还债，结果是因忙致病，因病身亡。在这抗战期间，更有不少文人因为"挤"文章而呕尽心血，忙到牺牲了睡眠，以致于牺牲了性命。忙死了也得不到代价，因为越忙越是粗制滥造，写不出好文章。不信请看我这一篇，我虽不是卖文为活，然而它也是在百忙中"挤"出来的。

　　"穷""忙"二字是有连带关系的。抗战以来，谋生困难，多少原来清闲的人变了极忙的人！事情多了几倍，我们都变了负山的蚊子；白昼的差事加上了夜间的职务，我们又都变了"为谁辛苦"的蜜蜂。回想当年，真是不胜今昔之感！古人说，不

---

　　①　温庭筠很有文才，每次按规定的韵作赋，他又八次手，八韵就写成了。

　　②　指想很长时间。

是闲人不知闲中之乐；现在我说，昔闲今忙的人更能了解闲中之乐。譬如巨富变了赤贫，回想当年的繁华，更悼念乐园的丧失。当年是"溪头尽日看红叶"，现在是"灶下终年做黑奴"；当年是"一部清商①一壶酒"，现在是"一堆钞票一天粮"。当年我们尽有闲工夫读遍千部书，现在我们竟没有闲工夫吃完一碗饭！

本来，在这个大时代，我们有更大的希望在前头，自然应该牺牲了我们的闲暇。不过，悠游卒岁的人仍不在少数，这就形成了我们的不平。古人说"不患贫而患不均"，现在我们说"不患忙而患不均"。如果有法子处理那些不劳而获的钱财，使人人自食其力，我相信许多人都用不着像现在这样忙。

一九四四年四月九日昆明《中央日报》星期增刊

（选自《龙虫并雕斋琐语》，中国社会科学出版社，1982年版）

---

① 乐府乐曲名。

暂时脱离尘世

丰子恺

夏目漱石的小说《旅宿》(日本名《草枕》)中有一段话:"苦痛、愤怒、叫嚣、哭泣,是附着在人世间的。我也在三十年间经历过来,此中况味尝得够腻了。腻了还要在戏剧、小说中反复体验同样的刺激,真吃不消。我所喜爱的诗,不是鼓吹世俗人情的东西,是放弃俗念、使心地暂时脱离尘世的诗。"

夏目漱石真是一个最像人的人。今世有许多人外貌是人,而实际很不像人,倒像一架机器。这架机器里装满着苦痛、愤怒、叫嚣、哭泣等力量,随时可以应用,即所谓"冰炭满怀抱"也。他们非但不觉得吃不消,并且认为做人应当如此,不,做机器应当如此。

我觉得这种人非常可怜,因为他们毕竟不是机器,而是人。他们也喜爱放弃俗念,使心地暂时脱离尘世。不然,他们为什么也喜欢休息、喜欢说笑呢?苦痛、愤怒、叫嚣、哭泣,是附着在人世间的，人当然不能避免。但请注意"暂时"这两个字，"暂时脱离尘世"，是快适的，是安乐的，是营养的。

陶渊明的《桃花源记》，大家知道是虚幻的，是乌托邦，但是大家喜欢一读，就为了它能使人暂时脱离尘世。《山海经》是荒唐的，然而颇有人爱读。陶渊明读后还咏了许多诗。这仿佛白日做梦，也可暂时脱离尘世。

铁工厂的技师放工回家，晚酌一杯，以慰尘劳。举头看见墙上挂着一大幅《冶金图》，此人如果不是机器，一定感到刺目。军人出征回来，看见家中挂着战争的画图，此人如果不是机器，也一定感到厌烦。从前有一科技师向我索画，指定要画儿童游戏。有一律师向我索画，指定要画西湖风景。此种些微小事，也竟有人萦心注目。二十世纪的人爱看表演千百年前故事的古装戏剧，也是这种心理。人生真乃意味深长！这使我常常怀念夏目漱石。

一九七二年

（选自《缘缘堂随笔集》，浙江文艺出版社，1983年版）

图书在版编目（CIP）数据

闲情乐事 / 陈平原编.--长沙：湖南人民出版社，2023.8
ISBN 978-7-5561-3192-1

Ⅰ.①闲… Ⅱ.①陈… Ⅲ.①散文集－中国 Ⅳ.①I26

中国国家版本馆CIP数据核字（2023）第039997号

闲情乐事
XIANQING LESHI

编　　者：陈平原
出版统筹：陈　实
监　　制：傅钦伟
选题策划：北京领读文化
产品经理：领　读－孙华硕
责任编辑：陈　实　张玉洁
责任校对：张轻霓
装帧设计：广　岛·UNLOOK
　　　　　unlook-guangdao.com

出版发行：湖南人民出版社有限责任公司［http://www.hnppp.com］
地　　址：长沙市营盘东路3号　邮编：410005　电话：0731-82683313

印　　刷：湖南凌宇纸品有限公司
版　　次：2023年8月第1版　　　　　印　　次：2023年8月第1次印刷
开　　本：880 mm × 1230 mm　　1/32　印　　张：8.625
字　　数：165千字
书　　号：ISBN 978-7-5561-3192-1
定　　价：45.00元

营销电话：0731-82683348（如发现印装质量问题请与出版社调换）